うちのにゃんこは妖怪です

あやかし拝み屋と江戸の鬼

高橋由太

ポプラ文庫

もくじ

序　6
第一話　仙猫　9
第二話　猿の手　79
第三話　鬼の相が出ています　161
第四話　九一郎の物語　247

うちのにゃんこは妖怪です

あやかし拝み屋と江戸の鬼

序

早乙女《さおとめ》みやびが十六歳のとき、その事件は起こった。

ある日の早朝、まだ日が昇り切らないうちに、みやびは目を覚ました。早乙女家は深川《ふかがわ》の外れにある。江戸田舎と揶揄《やゆ》される場所だ。

そんな田舎にも日の出とともに納豆売りが、家の前を通りかかる。それを呼び止めて、朝食用の納豆を買うのが、みやびの役割だった。毎朝、納豆汁を食べると決まっていた。

でも、まだ納豆売りの来る時間ではなかった。家の中も外も静まり返っている。

早乙女家は、父と母、それに、みやびの三人家族だ。両親は別の部屋で寝ている。

こんな時間に起きたことはなかったが、一度目を覚ますと眠気が消えてしまった。

二度寝する気にはなれない。

(散歩にでも行こうか)

と、思った。庭先を歩くだけでも、頭がすっきりするだろう。そう決めると、ますます寝ていられなくなり、みやびは起き上がった。

自分の部屋を出て、廊下を歩いて庭に出ようとしたときだ。

「ぱたん」

物音が、両親の部屋から聞こえて来た。それは、雨戸を開けた音だった。すべりがよすぎて、いつも大きな音がする。

両親の部屋の前に行き、襖《ふすま》越しに声をかけた。

「起きてるの？」

「…………」

返事はなかった。しかし、襖が薄く開いていて、隙間から風を感じた。やはり雨戸を開けたようだ。

間違いなく起きている。それなのに、返事がないのはおかしい。みやびは不安になった。何だか息苦しい。空気が重く感じた。

親とは言え、夫婦の寝室だ。いつもなら入ったりはしない。でも、今日は例外だ。放っておいてはならない気がした。嫌な予感に襲われて、身体が震えそうだった。

「入ります」

みやびは声をかけ、襖を開けた。
血のにおいがした。
そして、凄惨《せいさん》な光景が、みやびの目に飛び込んできた。
布団の上に、両親は倒れていた。
畳も夜具も、血で赤く染まっている。
獣に嚙まれたような傷跡が、父母の喉にあった。
醜く抉《えぐ》り取られている。
両親は、ぴくりとも動かなかった。
「嫌……。嫌っ!!」
みやびは悲鳴を上げた。

第一話　仙猫

みやびは十七歳になった。あれから一年が経ったが、両親を殺した犯人は捕まっていない。そもそも、犯人がいるかどうかすらも分かっていなかった。

「獣のしわざじゃないのか」

と、町奉行所の役人は言った。動物のせいだと思われたのだ。

それも仕方のないことで、深川には野良犬が多い。それどころか、両国《りょうごく》あたりの見世物《みせもの》小屋には、狼や熊が飼われている。逃げ出して見つからない事件も過去にあった。

(獣に喰い殺された)

両親の傷跡を見れば、そう考えるより他になかった。

みやびは独りぼっちになり、親の遺してくれたお金と家を頼りに暮らしていた。

そんなみやびに、再び不幸が訪れたのだった。それは、超弩級《ちょうどきゅう》の不幸だった。その現場を見て、みやびは言った。

「どうするのよ、これ……」

声が震えていた。

家が燃えてしまった。

お金もなくなってしまった。

服も家具も、何もかもが灰になってしまった。

「火付けだな」

そう言ったのは、深川の一帯を縄張りにする岡っ引きの秀次《ひでじ》だ。まだ二十歳をすぎたばかりだが、一昨年、親の跡を継いで岡っ引きになった。

子どものころからの知り合いで、気安く話すことができた。火事を知り、駆けつけて来てくれたのだった。

男ぶりがよく、いなせな上に、岡っ引きとしての手柄も立てている。組紐《くみひも》職人という正業まで持っていた。それなのに、まだ独り身で、モテるにもかかわらず浮いた噂一つない男だった。

「諦めな。火事ばっかりはしょうがねえ」

みやびを慰める口振りで言った。江戸の町に火事は多い。「火事と喧嘩は江戸の華」と開き直っているくらいだ。江戸城ですら何度も燃えていた。役人にしてみれば、

「またか」

と、言いたくなる出来事に違いあるまい。

しかも、この家は町外れの一軒家だ。類焼もしていない。父も母も、みやびも有力者ではない。そして、役人は忙しい。火付盗賊改《ひつけとうぞくあらため》は出張って来ないだろう。住むところも財産も焼けてしまったのに、秀次の言うように諦めることしかできないのだ。

「全部、燃えちゃった……」

力なく呟くと、秀次が首を横に振った。

「いや、全部じゃねえ。大事なもんが燃え残ってるぜ」

そして、燃えてしまった家を指差したのであった。

「灰？」

「そうじゃねえ。よく見ろ」

「……あ」

ようやく気づいた。そこには、看板が転がっていた。

早乙女無刀流道場

みやびの父親は剣術遣いだった。家で道場を開き、剣術を教えていた。護身——自分の身を守るための剣法だ。ありがちで胡散くさい逸話だが、先祖は鬼を斬るほどの達人だったという。遠い昔、「鬼斬り」と呼ばれていたらしい。

そのおかげもあってか家族三人で暮らせる程度には繁盛していたが、道場主が野良犬だかに殺されては話にならない。看板は残してあるものの、道場は潰れた。みやび自身、剣術を遣えなかったということもある。女に剣術を仕込む父ではなかった。

両親がいなくなって、どうにか生きて来られたのは、いくばくかのお金を遺してもらっていたことに加えて秀次が仕事を紹介してくれたからだ。みやびは組紐作りの手伝いや知り合いの子守り、庭の草むしりなどをやって生活していた。

だが、それも家があればこそだ。両親の遺してくれたお金も一緒に燃えてしまった。

燃え残った看板をぼんやり見ていると、秀次が聞いてきた。

「これから、どうするつもりだ？　親戚か友達の家に行くか？」

「ううん」

みやびは首を横に振った。頼れる知り合いはいなかった。子どもならともかく、面倒を見てもらう年齢でもあるまい。十七歳は大人だ。結婚をして家庭を持つことだってある年齢なのだ。

「おれの家でよかったら歓迎するぜ。ボロ家だが、夜露くれえはしのげる」

と、言ってくれた。昔から、秀次はみやびに優しい。この男がいなかったら、とっくに食い詰めていただろう。

でも、面倒をかけるつもりはなかった。これ以上、身内でもない秀次に迷惑はかけられない。精いっぱい、気丈な声を作って言った。

「大丈夫。行くあてはあるから」

「行くあて？」

「うん」

「……そうか」

頷きはしたものの、秀次の表情は冴えなかった。頼りないみやびが心配なのだろう。そんな秀次を安心させたかった。

「うん。頼れる人がいるから」

と、将来を約束した相手がいるかのような口振りで言った。もちろん嘘だ。だが、こうでも言わなければ、秀次は安心しないだろう。

みやびの言葉をどこまで信じたか分からないが、秀次が肩をすくめた。

「……だったら大丈夫だな」

そして、背中を丸めるようにして帰っていった。

みやびは独りきりになった——わけではなかった。秀次がいなくなるのを待っていたかのように、足元から声が聞こえた。

「見事に燃えてしまったな」

子どものような声だ。ただし偉そうである。みやびを小馬鹿にしているようにも聞こえる。ふと視線を落とすと猫がいた。

被毛は灰色がかった白で、上品な光沢があるが、体形は狸《たぬき》のように太っていた。顔立ちも狸風で、間違っても二枚目ではない。愛嬌のあるブサイクだ。その猫が、人間の言葉で話しかけてきたのだった。

当たり前だが、猫は人間の言葉をしゃべらない。つまり、こいつは普通の猫ではなかった。だから、文句を言った。

「どうして燃えるまで放っておくのよ」

「燃えるものは仕方あるまい。わしに、どうしろというのだ」

「化け猫なんだから、火くらい消せるでしょ」

「誰が、化け猫だっ⁉」

「ええと、じゃあ猫又？」

「違う」

「化け猫？」

「違う！　何度も同じことを言わせるな！　猫大人《マオ・ターレン》。唐土《もろこし》の仙猫《せんびょう》だと言っておろうがっ！」

売れ残りの大福餅のような物体は、本猫の言葉を信じればだが、早乙女家に棲みついている仙猫だった。

こいつと出会ったのは、両親が他界した年の春のことだ。梅の花が咲く季節に、ふらりと庭にやって来た。

それを見て、みやびは言った。

「可愛……くない」

猫にしては、顔が大きすぎる。みやびの顔より大きいくらいだ。

「ブサ可愛い」

と、言い直した。まあ、見た目が微妙だろうが、猫を見たら構わずにいられない。みやびは猫好きだった。話しかけようとして顔を近づけた。

すると、猫が動いた。判子を押すように、おでこに前足の肉球をペタンと押されたのだった。

まさかの攻撃だ。痛くはないが、驚いた。

「え？　何？」

問うと、さらに驚くことが起こったのだ。

「肉球判子だ。これで、わしの言葉が分かる。よかったのう」

と、ブサイク猫が返事をしたのであった。

「ど……どうして、しゃべるのよ？」

「仙術だ」

偉そうに答え、胸を張った。そして、よく分からないまま、ブサイク猫は居着いた。みやびは「ニャンコ丸」と呼んでいる。

「猫大人と呼べ」

最初のころは主張していたが、みやびは断った。ニャンコ丸で十分だ。何なら、「狸丸」でも「大福丸」でも、「ブサイク丸」でもいいと思う。

数ヶ月経った今でも、仙猫だという設定にこだわっている。

「猫又も仙猫も似たようなものでしょ」

「だから、違うっ！　まったく違うっ！　化け物と一緒にするなっ！　わしは神仙であるぞっ！」

それはともかく、ニャンコ丸の言葉が聞こえるのは、肉球判子を押された人間だけらしい。

「法力を持つ者も聞こえるのう」

ニャンコ丸が注釈を加えたが、みやびにしてみれば、どうでもいいことだった。ブサイク猫と遊んでいる場合ではない。

「もう行くから」

燃えてしまった家に背を向けて歩き出した。ニャンコ丸が、短い足でちょこまかとついて来る。

「どこに行くつもりだ？」

「寝る場所を確保するのよ」

と、みやびは答えた。家が燃えたとき、真っ先に思い浮かんだところだ。

「寝る場所？」

「そう」

それは、深川の外れにある廃神社だった。

深川は神社の町でもある。

庶民の信仰を集めている深川不動堂。

深川発祥の地であり、伊勢神宮の御分霊が祀られている深川神明宮。

地元民に「八幡さま」と呼ばれて親しまれている富岡八幡宮。

その他にも、深川七福神など多くの寺社仏閣がある。挙げれば切りがない。繁盛しているところもあれば、人が来なくなり打ち捨てられたところもあった。みやびが行こうとしていたのは、打ち捨てられた神社の一つだ。

両親が死んだ後、誰とも会いたくなくて、ひとけのない場所をさまよい歩いたのだ。そのときに見つけた神社だ。何度か足を運んだが、誰かがいる様子はなかった。

ニャンコ丸と一緒に行ったこともあった。だからブサイク猫は、その廃神社を知っていた。

「十万坪《じゅうまんつぼ》のそばにある、あの神社か」

「うん。そこ」

深川十万坪。

享保のころに、江戸中の塵芥を集めて埋め立てて作られた土地である。人家も田畑も少なく、葦《あし》の原に草木が生えているだけの荒涼たる場所だ。

「どうして、あんなところに神社があるのかしらねえ」

みやびは首を傾げたが、ニャンコ丸は問題にしていなかった。

「そんなことを言っておる場合か。さっさと行くぞ。わしが案内してやろう」

叱るように言って、みやびの前に飛び出した。普段はゴロゴロしているのに、やけに積極的だった。

「ねぐらを確保せんと、野宿になってしまうからな」

協力的なのは、我が身が可愛いからであった。

「野宿などしたら、風邪を引く」

だったら、火事を防げばいいようなものだが、今さら言っても仕方がない。

「早く来い」

「分かったわよ」

みやびは、ニャンコ丸のしっぽを追いかけた。

十万坪のそばまでやって来たはいいが、歩いているうちに夜になってしまった。すっかり日が落ちて、深い闇が広がっている。猫は夜目が利くが、みやびは人間だ。道が悪いこともあって、歩きにくくて仕方がない。何度も転びそうになった。

ニャンコ丸は、みやびに気を遣わず歩いて行く。丸くて憎たらしい背中に言ってやった。

「もうちょっとゆっくり行ってよ。足元が見えないんだから」

「おまえは提灯《ちょうちん》も持っておらぬのか」

「提灯なんて、あるわけないでしょ。燃えちゃったわよ」

残っているのは、看板とブサイク猫だけだ。役に立たないものばかりが残った気がする。

（ん？　役に立たない？）

みやびは思い直した。仮にも唐土の仙猫だ。意外な能力を持っているかもしれない。

「ねえ」

「うん？」

「あんた、仙猫なんでしょ？　お尻、光ったりしないの？」

「わしは螢《ほたる》かっ!?」

もの凄い勢いで言い返された。この調子では、鼻も光らないだろう。仙猫というのは、本当に使えない。

しばらく無言で歩いた。

何度かつまずいたとき、ニャンコ丸が言ってきた。

「……みやび、走れ」

「走る？　どうして？」

聞き返してから気づいた。

何かが、いる。

背後に気配を感じたのだ。そして、みやびは振り返った。

――白狐の面。

祭の屋台で売っているような白狐の面をかぶった男が、こっちに向かってきていた。その姿は不気味で、白狐の面が暗闇に浮かんでいるように見えた。

それだけでも心臓が止まりそうなくらい恐ろしいが、暗闇に浮かんでいるのは面だけではなかった。

ぎらりと刃が光った。〝白狐〟は、抜き身の刀を持っていた。

「ぐずぐずするなっ！　逃げろっ！　殺されたいのかっ⁉」

ニャンコ丸に怒鳴りつけられ、ようやく足が動き出した。

「わしについて来るがいいっ！」

ニャンコ丸が走り出し、みやびは追いかけた。必死に走ったが、暗い上に、やっぱり道が悪すぎる。何歩も行かないうちに転んでしまった。

少し離れたところから、ニャンコ丸の叱責《しっせき》の声が飛んできた。

「何をやっておるっ!?　早く起きろっ！　逃げぬと死ぬぞっ！」

「う……うん」

返事をしたが、恐ろしさのせいか、足に上手く力が入らない。抜き身の刀を持った人間に追いかけられたことはなかった。

（助けて……）

両親のことを思ったが、脳裏に浮かんだのは、獣に噛み殺された父母の死体だった。

あっという間に〝白狐〟が近づいて来た。抜き身の刀が、獣の牙のようにぎらりと光った。

〝白狐〟が刀を振り上げた。

（もう駄目だ……）

目をつぶりかけたときだった。暗闇の向こうから男の声が聞こえた。

「乱暴はやめるでござる」

それは、春風のように穏やかな声だった。

その声を追いかけるように、火打ち石を叩く音がした。火花が散り、火がともった。提灯に火を入れたのだ。

その明かりに照らされて、若い男の姿が浮かび上がった。二枚目だった。銀鼠の着流しを着ているところを見ると浪人のようだが、髷《まげ》は結っておらず女のような優しい顔をしている。

ちなみに、武士の「ござる」、花魁《おいらん》の「ありんす」は訛りを隠すために普及した言葉と言われている。本音が漏れることを隠すためにも使うが、もともとの身分を隠したい者や地方から出てきた者ほど、「ござる」を使うという。

若い男は、腰に刀を差していなかった。それなのに堂々としている。抜き身の刀を持った〝白狐〟を怖がっている様子もない。

「ちっ」

〝白狐〟が舌打ちした。そして、闇の中に消えた。最後まで刀を鞘に戻さなかった。それでも、気配がなくなった。

(助かった)

地面にぺたりと座り込んだまま、みやびは息を吐いた。身体中の空気が抜けた気がした。

「大丈夫でござるか?」

美男子が、声とともに手を差し出してくれた。

「……ありがとうございます」

遠慮なく手を握った。綺麗な手をしていたが、力は強かった。みやびを軽々と起こしてくれた。

そして、やんわりと注意された。

「夜道の一人歩きは危ないでござるよ」

すると、足元から口を挟む声があった。

「いい、ひとりではないのう」

ニャンコ丸であった。いつの間にか足元に来ていた。このブサイク猫の言葉は、普通の人間には聞こえない。だが、

「仙猫でござるな」

なんと、男がニャンコ丸に話しかけたのだった。しかも、仙猫だと見抜いている。

「おぬし、何者だ？」

ニャンコ丸が問うと、美男子が答えた。

「神名九一郎《かみなくいちろう》。ただの拝み屋でござる」

これが、九一郎との出会いだった。みやびは、このときのことをずっとおぼえている。忘れることのできない記憶だ。

「曲者《くせもの》が潜んでいるかもしれないでござる」

九一郎は、いったん自分の住まいに来るように言った。聞けば、十万坪の近くで暮らしているらしい。襲われた恐怖は抜けていない。九一郎の申し出に甘えて、一緒に行くことになった。

歩くほどもなく、その建物が見えてきた。九一郎が、それを指差した。

「ここでござる」

みやびはニャンコ丸と顔を見合わせた。驚いたことに、みやびとニャンコ丸が行こうとしていた場所だった。

「廃神社ではないか。ここで暮らしておるのか？」

「つい先日、引っ越して来たばかりでござる」

九一郎が返事をした。どこかの町から流れてきたようだ。流れ者が廃神社や破れ寺に住み着くことは珍しくないが、予定外の展開だ。

（先を越された）

みやびは思った。あてにしていた住居がなくなってしまった。

「わしらを置いてくれぬか」

がっかりするみやびを尻目に、遠慮を知らないニャンコ丸が、九一郎に頼んだ。よほど野宿したくないのだろう。泣き落とすように付け加えた。

「家が火事になってしまってのう」

見かけ通り、九一郎はお人好しだった。

「それは大変でござるなあ……。この廃神社は、拙者の家ではござらぬ。遠慮は無用でござる」

とんとん拍子で話が決まった。会ったばかりの若い男のところに行くことには抵抗があったが、九一郎は信用できそうな気もした。

「じゃあ、今日だけでも」

みやびが言うと、九一郎がにっこりと笑った。

「何日でも大丈夫でござる。拙者、流浪人《るろうにん》ゆえ、いずれ旅に出るつもりでござる」

旅をすみかとする流れ者のようだ。優しげな顔に寂しそうな陰があるのは、孤独に生きているからなのかもしれない。

「おぬし、拝み屋と言ったな。それで食っておるのか？」

「さようでござる」

「なるほどのう」

ニャンコ丸が意味ありげに頷いたが、たぶん何の意味もなかろう。思わせぶりなことを言いたがる仙猫だった。

道端から改めて廃神社を見ると、雑木林に囲まれている上に古びているが、それなりに大きな建物だった。燃えてしまったみやびの家より広いだろう。

「窮屈な思いをせずに済みそうだのう」

今まで窮屈な思いをしていたみたいな言いようだ。

「あんたねえ」

文句の一つも言ってやろうと思ったが、ニャンコ丸は聞いていなかった。

「看板が置いてあるのう」

「看板？」

みやびは聞き返した。前に来たときには、そんなものはなかった。

その質問に答えたのは、九一郎だった。

「拙者の仕事の看板でござる」

そう言って、提灯を翳《かざ》した。闇に浮かび上がるように、看板の文字が見えた。

よろずあやかしごと相談つかまつり候

「あやかしごと？」

奇妙な看板だった。いろいろな商売を見てきたが、こんな看板は今まで見たことがなかった。

「妖怪や幽霊のことでござる」

「なるほど」

みやびは納得する。

狐憑き。化け猫騒動。天狗《てんぐ》にさらわれた。河童《かっぱ》がいた。幽霊に呪われた。鬼が現れた。江戸の町には、不思議な事件が多い。普通の人間の手には負えず、拝み屋を頼ることもあった。だが。

「こんな町外れに看板を出しても、誰も来ないのではないのか？」

ニャンコ丸が聞いた。みやびが聞こうと思っていたことだ。商売は場所で決まる。人の見るところに置かなければ、看板の意味はない。人通りさえなさそうな十万坪そばの廃神社に、客が来るとは思えなかった。

初対面の相手に無礼な質問だが、九一郎は穏やかに返事をした。

「みやびどのとニャンコ丸どのが来たでござるよ」

はぐらかすような調子だったが、「みやびどの」と名前を言われたとき、胸がど、きんと鳴った。

乙女らしい音だったが、ブサイク猫が台なしにした。

「みやびが腹を減らしているようだのう」

「お腹の音じゃないから」

「ん？　腹は減っておらぬのか？」

そう聞き返されると、「減ってないから」とは言えない。火事に遭い、ろくな食事もとらず十万坪に向かった上に、物騒な白狐の面をかぶった男に追いかけ回されたこともあって、お腹が空いていた。

「食い物はあるか？」

ニャンコ丸が九一郎に聞いた。遠慮なしの単刀直入であった。

「あるのは、米と味噌くらいでござる」

男の一人暮らしだと、そんなものなのかもしれない。そもそも九一郎は流れ者で、ここは廃神社なのだ。

ニャンコ丸が、九一郎に向かって続けた。

「台所を貸せ。みやびが飯を炊く。おぬしの分も作ってやろう」

「楽しみでござる」

口を挟む暇もなく、話がまとまったのであった。そして、みやびの意思とは関係なく、台所に案内された。手を入れたのか、廃神社とは思えないくらい片付いている。

「道具もそろっておるのう」

鍋や釜を見て、ニャンコ丸が言った。竈《かまど》も使える状態のようだった。さっき聞いたように、米と味噌もあった。

「ほう。たまごもあるな」

ニャンコ丸が目ざとく見つけた。九一郎は金持ちといった服装ではないが、暮らしには困っていないようだ。

流れ者とは思えない鷹揚な口振りで言った。

「好きに使ってくだされ」

「言われなくても、そのつもりだ。おぬしが台所にいても邪魔なだけだから、部屋でくつろいでいるがいい。飯ができたら持って行ってやろう」

なぜか、ニャンコ丸が仕切っている。


九一郎が台所から出て行った。

みやびは、ニャンコ丸とふたりきりになった。九一郎の足音が遠ざかるのを待って、ブサイク猫に言った。

「……どうするつもりよ」

「何がだ？」

「飯ができたらって言ったけど、炊いたことがないんだけど」

言い訳するつもりはないが、珍しい話ではなかった。江戸の町には食べ物屋が多く、煮売りや屋台で食事を済ませる者がたくさんいた。鍋釜どころか、竈そのものがない長屋《ながや》もあるくらいだ。

嫁入り前に、母に台所仕事を教えてもらおうと思っていたが、その機会を先延ばしにしているうちに死んでしまった。

「ご飯なんて作れない……」

消え入りそうな声で呟いた。だが、ニャンコ丸は前向きだった。

「何事にも初めてはある。やってみればよかろう」

「で……でも……」

「でもではない」

ニャンコ丸に遮られた。

「命を助けられた上に泊めてもらうのだから、飯くらい作ってやれ。それが人の道だのう」

猫に人の道を説かれるとは思わなかったが、言っていることは間違っていない。九一郎にお礼をしたい気持ちは、もちろんあった。

「やってみるか」

みやびは腕まくりし、確認するつもりでニャンコ丸に聞いた。

「水を入れて、竈で炊くのよね」

「うむ。分かっているではないか」

「こう見えても、ご飯は毎日食べてるから」

自慢にならないことを言ったが、ニャンコ丸は感心している。

「頼もしいのう。で、何を作るつもりだ？」

「炊き立てのご飯をおにぎりにして、味噌を付けて軽く炙るのはどう？」

「ほう。焼きおにぎりか。それは旨そうだな。おぬし、料理の才能があるのではないか？」

「そうかも」

自信たっぷりにニャンコ丸に頷き、米を研ぎ始めた。美味しい食事が作れそうな気がした。


時の流れは残酷だ。いつだって見たくない現実を突きつける。しかも、すぎてしまった時間を取り戻すことはできない。

半刻《はんとき》（約一時間）が経った。みやびは、それを茶碗に盛ってみた。

「これは……」

何とも言えないでき上がりだった。

「おぬしというやつは――」

ニャンコ丸が言いかけたときだ。

「調子はどうでござるか」

と、九一郎が顔を出したのであった。隠す暇もなく、茶碗に盛ったそれを見られてしまった。

九一郎の顔が固まった。沈黙があった。

「…………」

「…………」

みやびも黙っていると、九一郎が聞いてきた。

「それは何でござるか？」

おずおずとした口振りだった。触れてはならないものに触れるとき、人はこんな話し方をする。

「それは何だと聞いておる。教えてやれ」

ニャンコ丸に責められた。

「……ご飯」

息を吐き出すように返事をすると、九一郎が感想を述べた。

「真っ黒に見えるのでござるが……」

火が強すぎたのか、炭団《たどん》（木炭の粉末を丸めたもの）のようになっていた。原形を留めておらず、かつて米だった名残《なご》りはなかった。焼きすぎたせんべいにさえ見えない。

「うん。ちょっとだけ焦げちゃった」

冗談めかして言ってみた。せめて突っ込んで欲しかったが、九一郎は気まずそうな顔をしただけだった。

また、沈黙が流れた。さっきよりも長かった。

「…………………」

みやびも九一郎も、ニャンコ丸でさえ黙っていた。気まずい沈黙だった。

その静寂を破ったのは、ぐるるという音だった。しかも、その音は大きかった。

「みやびの腹の虫だのう」

ブサイク猫が、言わなくていいことを言った。さっきと違って正解だ。ずっと何も食べていないのだから、お腹が空くのは当然なのだが、さすがに恥ずかしい。

でも、九一郎は笑わなかった。むしろ真面目な顔で言ってきたのだった。

「拙者に任せてくだされ」

「任せる？」

「拙者、飯を炊くでござるよ」

食事を作るつもりのようだ。

さらに、四半刻後、ご飯が炊き上がった。でき上がるまで、ニャンコ丸と一緒に台所の端っこから九一郎を見ていた。

「ちゃんと白いぞっ！」

炊き立てのご飯を見て、ニャンコ丸が驚いた顔で言った。すっかり興奮している。

「みやび、見ろっ！　これが飯の色だっ！」

返事をしようとしたが、それより先に腹の虫がまた鳴いた。今度は、はしたないとも恥ずかしいとも思わなかった。それくらい、お腹が空いていたし、ご飯が美味しそうだったのだ。

ご飯粒が立っていて、艶々と輝いている。おこげが釜の底にできているらしく、香ばしいにおいが混じっていた。

このまま食べても、絶対に美味しい。醬油を垂らせば、もっと美味しいだろう。真っ白なご飯なんて贅沢だ。早く食べたいと思ったが、料理は完成していなかった。

「碗によそってくれぬか？」

ニャンコ丸の要求を、九一郎は退けた。

「もう少し待つでござる」

そう言うや、たまごを四つ割った。丼でそれを溶き、炊き上がったばかりの熱いご飯に、まんべんなくかけた。それから溶きたまごをご飯に絡ませるように、しゃもじで手早く混ぜ合わせたのだった。

それだけの作業で、さっきにもまして旨そうになった。炊き立てのご飯の熱で、たまごが半熟になっていく。ぐるるが止まらない。

「早く食べさせてくれぬか」

ニャンコ丸が言った。みやびも同じ気持ちだった。

しかし、九一郎は首を横に振り、釜の蓋を閉じてしまった。

「しばし待たれよ」

おあずけであった。抗議する暇もなく、九一郎は葱《ねぎ》を刻み始めた。

味噌汁でも作るのかと思ったが、そうではなかった。釜の蓋を開け、たまごの絡んだご飯を茶碗に盛って、小口に刻んだ葱をぱらりとかけた。半熟のたまごにかけられた葱の青さが、食欲をそそった。みやびが口を開くより先に、ニャンコ丸が聞いた。

「食べてよいか？」

「まだでござる」

九一郎は許してくれない。

「このままでは、画竜点睛《がりょうてんせい》を欠くでござる」

と言って、さらに刻み海苔を載せて、醤油をたらり、、と垂らした。

「こ……この飯は……？」

喉をごくり、、と鳴らしながらニャンコ丸が問うと、九一郎が応じた。

「たまご飯でござる」

江戸の定番の食事だ。多くの場合、すまし汁をかけて食べるが、みやびは醤油を垂らしたほうが好みだった。

目の前にでき立てのたまご飯がある。醤油が半熟のたまごに染み込んでいく。刻み海苔が、ご飯の熱さで躍っている。

「ごくり……」

みやびの喉も鳴った。もう我慢できなかった。すると、九一郎が言った。

「どうぞでござる」

「いただきます！」

口に運ぶと、まろやかな黄身の味が広がった。醤油が、それを引き立てている。

葱と海苔の香りが、口から鼻に抜けた。

「……美味しい」

みやびは泣きそうになった。


夜が明けた。

みやびとニャンコ丸は、廃神社の庭先で日向ぼっこをしている。

庭と言っても、塀があるわけではない。通りとの境さえなかった。春を告げる梅の花が咲いている。野梅だろうか、真っ白な花を付けていた。

人通りがまったくないので、草木を撫でる風の音がよく聞こえた。そんな中、ニャンコ丸がうっとりした口振りで言った。

「昨日の飯は旨かったのう。たまご飯とは、贅沢なものよ」

「本当ね」

そう応えるみやびも、花より団子であった。九一郎が作ってくれたたまご飯に感動していた。

かけそば一杯十六文（約四百円）に対して、ゆでたまごは一個二十文（約五百円）もする。それを惜しげもなく、みやびとニャンコ丸に振る舞ったのだ。

「貧乏ではないようだな」

着ているものを見ても、それは確かだろう。綺麗な提灯も持っていた。火事で焼け出されたみやびに、お金を貸してくれるとも言っていた。金持ちとまではいかないかもしれないが、食うに困っていないことは間違いない。

「どうして、こんなところで暮らしてるんだろう」

と、みやびは疑問を口にした。

拝み屋をやるにしても、町中に長屋を借りて看板を出したほうがいいに決まっている。こんな十万坪の近くに客が来るとは思えなかった。

「事情があるのだろう」

ニャンコ丸はしたり顔で言うが、返事になっていない返事であった。分かり切ったことだ。事情もなく、金もあるのに廃神社で暮らす物好きはいないだろう。

どんな事情があるのだろうかと、みやびは首を傾げた。

考え込んでいると、ニャンコ丸が再び声をかけてきた。

「――おい」

「何？」

聞き返すと、ニャンコ丸は真面目な顔をして、みやびの背後を見ていた。誰かが来たのを知らせたつもりのようだ。

真っ先に思い浮かんだのは、九一郎の顔だった。

九一郎の住まいなのだから、庭に出て来ても不思議はない。

(昨日の食事と泊めてくれた礼を言おう)

みやびは髪を整えながら振り返った。だが、九一郎ではなかった。声を失うほど驚いた。

そこにいたのは、白狐の面の男――〝白狐〟だった。しかも、前と同じように抜き身の刀を持っている。

「……ど、ど、どうして」

やっと出た声は掠れていた。両親が殺されてから、ずっと悪い夢を見ている気がする。だけど、夢ではなかった。

みやびは焦った。自分を殺そうとした曲者が再び現れたのだ。予想さえしていなかった事態だ。

「いいから逃げろっ!」

ニャンコ丸に怒鳴りつけられた。その通りだ。こんなところで殺されたくない。斬られるのは、ごめんだ。みやびは駆け出そうとした。

しかし、慌てすぎて足がもつれてしまった。何歩も行かないうちに転んだ。

（まずいっ）

そう思ったが、どうしようもない。立ち上がる暇もなく、〝白狐〟が迫って来た。

ぎらりと刀が光った。

「みやびっ！」

ニャンコ丸の声が遠かった。〝白狐〟が、刀を振り上げた。みやびを甚振《いたぶ》ろうというのか、すぐには刀を振り下ろさなかったが、逃げられないことに変わりはない。

（殺される!!）

声が出ない。身体が完全に凍り付いていた。その瞬間のことだ。

「みやびどのっ！」

声とともに、九一郎が駆け込んできた。そして、みやびを抱きかかえるように庇《かば》った。

「ちっ」

舌打ちの音が聞こえた。

〝白狐〟の刀が振り下ろされた。

刀の切っ先が、九一郎の右肩を掠めた。

血が噴き出した。

九一郎の着物を赤く染めた。

みやびは、悲鳴を上げた。


その日のうちに、みやびは廃神社から出て行くことにした。

謎の曲者——〝白狐〟に斬られた九一郎の傷は浅かったが、怪我をさせてしまったことに変わりはない。〝白狐〟は明らかにみやびを狙っていた。

みやびが悲鳴を上げると、〝白狐〟は姿を消した。しかし、また、いつ現れるか分からない。居場所を知られているのだ。

なぜ、〝白狐〟に狙われているのかは分からないが、みやびのせいで、九一郎に傷を負わせてしまった。一歩間違えたら、殺されていたかもしれない。

「ごめんなさい。ごめんなさい。ごめんなさい」

みやびは謝った。何度も謝った。

九一郎はみやびを責めなかった。

「かすり傷でござる。寝れば治るでござるよ」

と、笑いながら傷の手当てをして、部屋に戻って行った。そのうしろ姿を見て、みやびは出て行こうと決めた。

二度あることは三度ある。狙われているのはみやびなのだから、自分がいなくなれば、もう二度と九一郎が傷つけられることはないだろう。何も言わずに廃神社を出た。

「世話になっておれば楽なものを」

ぶつぶつと言いながら、ニャンコ丸が一緒に来た。文句を言う割りに、みやびから離れるつもりはないようだ。

「家が燃えてしまったのに、どうするつもりだ？」

「どうするつもりって――」

何も考えていなかった。これ以上、九一郎を巻き添えにしたくないと思って出て来ただけだ。

自分に残っているのは、ニャンコ丸だけだ。お金も寝る場所もない。どこに向かうかも決めていなかった。

途方に暮れていると、ニャンコ丸が提案してきた。

「燃えてしまった家に行ってみるか。何か燃え残っているかもしれぬ」

「うん。そうね」

正直なところ、何かが燃え残っているとは思えなかったが、他に行くあてもない。

みやびとニャンコ丸は、燃えてしまった我が家へ向かう道を歩いた。鉛を呑んだように、身体が重かった。

雨雲が空いっぱいに広がっていて、どんよりと暗かった。いつ降り出しても不思議のない天気だ。

そんな中、みやびとニャンコ丸は、我が家があった場所に着いた。十七年間、暮らした場所だ。

「散らかったままだのう」

それはそうだろう。誰かが片づけてくれるはずもなく、立ち去ったときのままの様子で残っていた。雨も降らなかったので、何も変わっていない。

「昨日の今日だもんね」

何年もの時間が流れたように思えたが、一晩明けただけだ。世の中は何も変わっていないだろう。

「あそこに看板があるな」

ニャンコ丸が言った。その視線の先には、早乙女無刀流の看板があった。不思議なことに、ほとんど無傷だった。

「拾っておくか」

「うん」

一晩中置いておいた上に、今さら無用の長物だが、親の形見だと思うと放っておけない。位牌も燃えてしまったのだ。

「ごめんね……」

思い出の染み込んだ看板に謝り、拾おうとしたときだ。

「待ちな!!」

ドスの利いた男の声が飛んできた。その声は続けた。

「ここにある物《もん》には、指一本触れんじゃねえ」

道の先から、熊のように大きな男がやって来るところだった。そして、みやびはこの男を知っていた。

「面倒な輩が現れたのう」

ニャンコ丸が、みやびだけに聞こえる声で言った。

高利貸しの手先・熊五郎《くまごろう》だ。容赦のない取り立てをすると評判の、町の嫌われ者だった。両親が死んだその日から、みやびはこの男から取り立てにあっていた。

その熊五郎がにたりと笑いながら、みやびに言ってきた。

「そいつは、借金のカタにもらうぜ。薄汚ねえ板切れだが、薪《たきぎ》ぐれえにはなんだろう」

わざとらしいくらい嫌な口を利く。「昔はいいやつだった」と熊五郎を庇う者もいるが、この様子を見るかぎり信じられない。

みやびだって看板を大切に扱っていたわけではなかったが、薄汚い板切れと言われるのは腹が立つ。

「薪だなんて冗談じゃない」

「だったら、銭を返《けえ》してもらおうか」

「そんなお金、知らないわよ」

「おめえの父親《てておや》が借りたんだよ」

「嘘」

「嘘なもんか」

熊五郎は言うが、みやびは信じていなかった。道場は順調だったし、父は酒も呑まない真面目な男だった。高利貸しから金を借りるとは思えない。何かの間違いに決まっている。

熊五郎が取り立てに来るたびに、みやびはそう言ってやるのだが、高利貸しの手先は引かない。

「証文があるんだ。知らねえでは通らねえ」

何度もそれを見せられた。ただ、父が本当に書いたものかは怪しい。筆跡が違う気がするし、爪印さえ押していなかった。

「怪しいのう」

ニャンコ丸も言った。疑うというより、偽物の証文だと決め付けている顔だ。

熊五郎が仕えている高利貸しは、何しろ評判が悪い。証文のでっちあげくらい、やりかねない。

「お金なんてないわよ」

みやびは、はっきりと言ってやった。だが、熊五郎は引かない。

「ふん。だったら、身体を売りやがれ。いい店を紹介してやるぜ」

富岡八幡宮裏手の堀川に面したあたりには岡場所が立ち並んでおり、お金に困った女たちが働いていた。高利貸しに売り飛ばされた女もいるという。

それこそ、冗談じゃなかった。存在するかどうかも分からない借金のカタに、岡場所に売り飛ばされてはたまらない。

「嫌っ!!」

逃げようとしたが、遅かった。

「逃がさねえぜ」

と、熊五郎の手が、みやびの手首を摑んだ。馬鹿みたいに強い力だった。

「は、放して」

「駄目だ。身体を売って、金を返してもらう」

本気でみやびを連れて行くつもりだ。熊五郎は強引だった。彼を雇っている高利貸しに、「金を返してもらって来い！」と命じられているのかもしれない。いつもにも増して強引だった。

「ほんのちょっとの辛抱だ。おめえなら、稼げるぜ」

ものすごい力でみやびを引っ張っていこうとした。そのとき、間抜けな声が響いた。

「みやびで稼げるかっ！」

無礼な台詞とともに、灰色の鞠が飛んできた。

ざくりと音が響き、熊五郎が悲鳴を上げた。

「……くっ」

そして、みやびから手を放した。男の右手の甲から血が滴り落ちていた。引っかき傷が走っている。

何が起こったかは聞かなくても分かる。

「特別に助けてやったぞ。感謝するがいい」

鞠の正体は、ニャンコ丸だった。猫らしい攻撃をしたのであった。

「熊を退治したのう」

と、威張っているが、熊五郎は退治されていなかった。

「畜生がっ!!」

熊五郎が、ニャンコ丸を蹴飛ばした。ニャンコ丸は腹を蹴られて宙に舞い、そして背中から地面に落ちた。

「ぐへ……」

死にそうな声を出した。立ち上がることができないらしく、地面に倒れ込んでいる。潰れた鞠のようになってしまった。ニャンコ丸は虫の息だ。しかし、手を引っかかれた熊五郎の怒りは収まっていない。

「ぶっ殺してやる」

匕首《あいくち》を抜き、ニャンコ丸に歩み寄って行く。目が血走っていた。

（殺されちゃうっ！）

みやびは、ニャンコ丸を庇うように立った。

「や……やめてっ！」

生意気でブサイクな猫だが、唯一の家族だ。ニャンコ丸が傷つけられるところなんて見たくない。

「やめてください」

「やめて欲しけりゃ、銭を返しな。岡場所に勤めれば、あっという間に稼げるぜ」

「だから、それは――」

「おれも仕事なんだよ。ガタガタ言ってねえで、こっちに来な！」

熊五郎のことだ。断れば、本当にニャンコ丸を殺しかねない。だからと言って、岡場所に売られたくはなかった。どうしていいか分からず逡巡していると、熊五郎が切れた。

「さっさと、こっちに来いっ!!」

匕首を持ったまま、近づいてきた。みやびは、どうすることもできずに立ち尽くしていた。

誰かに助けて欲しいと思った。自分から出て来たくせに、思い浮かんだのは九一郎の顔だった。

「手間をかけさせんじゃねえっ‼」

熊五郎が、みやびを摑もうと手を伸ばしてきた。結論を先に言うと、みやびは助けられた。だが、助けてくれたのは九一郎ではない。

「それくらいにしておけ」

いなせな声が割り込んできた。声のしたほうを見ると、岡っ引きの秀次がいた。

この時代、江戸の町方の人口は五十万人を超えていたが、町奉行所の三廻り同心は全部で二十人くらいしかいなかった。当然のように手が足りない。治安を守ることができなければ、町奉行所の面目は潰れる。そこで雇われたのが、岡っ引きだ。

「目明《めあか》し」

と、呼ばれることもある。町奉行所の与力や同心の手先となって働く連中だ。役人ではないが、強い権力を持っていた。

秀次は、深川一帯を任されている。もちろん熊五郎とも顔見知りだ。

「おめえは自分の仕事をやっているだけだろうが、無理やり岡場所に売るってのは感心できねえな」

「し……しかし、親分」

「しかしも案山子《かかし》もねえ。おめえがこんな真似をしてると、おっかさんと女房が悲しむぜ。おめえだって分かってんだろ？」

諭すように言われて、熊五郎がしゅんとなった。秀次は、熊五郎が高利貸しの手先をやっている理由を知っているようだ。

「今日のところは帰《けえ》んな」

熊五郎は、秀次に逆らわなかった。

「失礼しやす」

頭を下げ、逃げるように去って行った。


（助かった……）

秀次のおかげで岡場所に売られずに済んだ。みやびは、座り込みそうになった。

すると、ニャンコ丸がよたよたと立ち上がった。

「ひどい目に遭ったのう」

とりあえず、怪我はしていないようだ。

胸を撫で下ろしていると、秀次が言ってきた。

「本当は、行くところがねえんだろ？」

「……うん」

「だったら、おれの家に来な。前にも言ったが、夜露くれえはしのげる」

ぶっきらぼうだが、優しい言い方だった。ひどい目に遭った後だけに、秀次の言葉が身に染みた。

秀次は、昔から優しかった。みやびが子どものころから、こうして気にかけてくれた。血はつながっていないが、兄のように思っていた。

（そうしようかな……）

とりあえず秀次の家に置いてもらって、長屋と仕事をさがそうか。

そんなふうに考えていると、ニャンコ丸が口を挟んだ。

「世話になったほうがいいな。わしも腹が減ったのう」

背中を押された気がした。すると、秀次が明るい声で応えた。

「おう。飯くらいあるぜ」

「じゃあ——」

頷きかけて、はっと気づいた。

その台詞はあってはならないものだった。

みやびは口を閉じ、ニャンコ丸が秀次に鋭い目を向けた。

「おぬし、わしの声が聞こえておるな」

「いや、そいつは――」

また返事をした。やっぱり、仙猫の声が聞こえているのだ。普通の人間には届かないはずの声が聞こえている。

つまり、秀次は普通の人間ではないということだ。

みやびは、岡っ引きの顔を見た。それまで穏やかだった秀次の表情が変わった。目が吊り上がり、形のいい薄い唇が歪んだ。

「バレたんなら、しょうがねえ」

吐き捨てるように言った言葉は、背筋が震えるくらい冷たかった。

優しかった秀次は、どこにもいない。みやびに見せつけるように、懐から白狐の面を出した。みやびは聞いた。

「……どうして?」

「さあな」

秀次は答えて、白狐の面をかぶり、顔を隠した。手には、刀を持っている。そんなものは、腰に差していなかった。どこから出したのか、みやびには分からない。

しかも、刀は最初から抜かれていた。刃がぎらりと光っている。この世のものとは思えない妖しい光を放っていた。

魅入られたように固まっていると、ニャンコ丸が叫んだ。

「みやび、走れっ！　逃げろ！」

†

（しくじった）

秀次は舌打ちした。みやびの心を摑めそうだったのに、猫の言葉に反応してしまった。

誰にも言っていないことだが、秀次は、みやびに惚れていた。ずっと前——岡っ引きを継ぐ前から好きだった。その気持ちを伝えようと思ったこともあったが、身分の違いを気にしていた。

お上のご用を務めていようと、秀次は岡っ引きにすぎない。身分は町人だ。一方、みやびは武士の娘で、「早乙女」という立派な姓まである。

身分違いはどうにもならない。平和な世の中だからこそ、身分の壁は厚い。秀次を使っている同心も、苗字のある相手との結婚を許してはくれないだろう。

（違う。そうじゃねえ）

身分違いなんて言い訳だ。同心に文句を言われるなら、岡っ引きを辞めればいいだけなのだ。

みやびに告白する度胸がなかった。袖にされるのが怖かった。

「おれってやつは、まったく腰抜けだぜ」

秀次は、自分を嘲笑った。


「お化け稲荷か……」

その祠を見つけたとき、秀次は思わず呟いた。お役目のついでに、向島《むこうじま》まで足を伸ばしたときのことだ。

このあたりは、桜の名所と言われている。徳川吉宗公《とくがわよしむねこう》ゆかりの「墨堤《ぼくてい》の桜」を抱え、そこかしこに桜の木が植えられていた。花見の時期になると、江戸中から人が押し寄せて来る。混雑する場所だった。

ちなみに、その桜の葉を塩漬けにして考案されたのが、「長命寺の桜もち」である。長命寺の寺男が売り出して大当たりを取り、今では向島の名物となっていた。

まだ、花見の時期ではない。桜もちも売っているかどうか分からなかった。だが、

「せっかく来たんだ。ちょいと手を合わせていくか」

と、秀次は長命寺に足を伸ばすことにした。この気まぐれが、秀次の運命を変えることになる。

水戸殿の屋敷の脇道を通り、弘福寺のそばまで来たとき、それが目に飛び込んで来た。

猫の額くらいの狭い敷地に、秀次の背丈を超えるほどの雑草が生い茂っていた。人の手が入っていない証拠だ。珍しい光景ではなかったが、気を引かれたのは鳥居の残骸らしき木片があったからだ。

「稲荷神社か……。罰当たりな話だぜ」

江戸っ子は熱しやすく冷めやすいと言われているが、神仏にまで流行り廃りがあった。作ったはいいが、打ち捨てられて、人が訪れなくなったところも多い。

それだけなら通りすぎただろう。仔猫ほどの大きさの神狐——白狐の石像が、祠のそばの地面に落ちていた。大風に飛ばされたか、烏《からす》にいたずらされたかは分からないが、悲しそうな顔で雑草の上に転がっている。泥をかぶっていた。

「見ちまったものはしょうがねえや」

着物のすそを端折り、草だらけの敷地に入っていった。木々が枝を張り、鬱蒼《うっそう》としていたが、不思議に汚い感じはなかった。曲がりなりにも神社だからなのか、空気が澄んでいる。

苦労しながら、祠《ほこら》のそばまで行った。秀次の膝丈くらいしかない小さな祠だった。

「かわいそうにな」

秀次は白狐を拾い、手ぬぐいで泥をぬぐった。簡単に綺麗になったので、祠に戻してやった。

ここで、もう一つ、秀次は気まぐれを起こした。

「みやびと一緒に暮らせますように」

そう祈り、手を叩いた。それが秀次の願いだった。惚れた女と一緒にいたかった。みやびと暮らせたら、どんなに幸せだろうと思った。

†

みやびは走っていた。雨雲は厚くなり、空気が湿っていた。だが、空模様を気にする余裕はない。命がかかっていたし、それ以上に戸惑っていた。

(どうして、秀次さんが……)

襲われる理由が分からなかった。考えても考えても分からない。

走っているうちに、十万坪のそばまでやって来た。相変わらず誰もいない。町中に逃げたほうがよかったのだろうが、そう思っても後の祭りだ。

「このままでは追いつかれる」

ニャンコ丸に言われた。指摘されるまでもないことだ。秀次は足が速い。女の足では逃げ切れないだろう。ニャンコ丸も息が上がりかけていた。

「雑木林に隠れるぞ」

十万坪そばには、木々が生い茂っている。曇っているおかげで、雑木林は暗い。隠れていれば見つかることはないだろう。

「分かった」

みやびは言い、雑木林の陰に身を隠した。完璧な隠れ場所だと思った。だが、それは間違っていた。

（どうして？）

雑木林で息を潜めながら、みやびは悲鳴を上げそうになった。白狐の面をかぶった秀次が、一直線にこっちに向かってくるのだ。迷いのない歩調は、まるで、みやびの居場所を知っているみたいだった。

右手に刀、左手に組紐を持っている。秀次が自分で組んだものだろう。下手人を縛り上げるときに使うこともある、丈夫な組紐だった。

秀次は本気だ。みやびを組紐で縛るつもりだ。悪党を捕まえるときのように、みやびを狙っている。

「……みやび、奥に行くぞ」

「……うん」

ニャンコ丸の言葉に頷いた。逃げなければ、捕まってしまう。

みやびは、雑木林のさらに奥に行こうとした。その瞬間、枝が背中に触れた。そして音が鳴った。

ぽとり。

秀次に聞こえるほどの音ではないが気になった。何かが落ちた音だ。背中から足元に、物が落ちた気がした。

地面を見ると、白い紙が落ちていた。

「……何これ？」

みやびは手を伸ばし、それを拾った。

「紙人形？」

和紙を切って、人形《ひとがた》に折ってある。その紙人形が、背中に貼り付いていたのだ。

「どうして、こんなところに？」

まるで心当たりがなかった。

「みやび、何をやっておるっ!?　早く逃げぬと――」

その言葉は遅かった。ガサリと木々を掻き分ける音が鳴り、〝白狐〟が現れた。

手を伸ばせば届くところに、白狐の面がある。

そのとき、不意に感じた。気づいたことがあった。

（違う！　秀次さんじゃない！）

子どものころから知っている人間だ。白狐の面をかぶっただけで、正体が分からなくなることはない。今さらだが、最初に襲われたときに気づくはずだ。

服装は同じだし、痩せ型で背が高いという体型も一緒だが、醸し出される雰囲気や身のこなしが違っていた。

でも、〝白狐〟の正体が秀次でないとすると、いっそうわけが分からない。

（誰？　誰なの？）

みやびは混乱した。だが、それ以上のことを考える暇はなかった。〝白狐〟の手が、すぐそこに迫っていたのだ。

（捕まるっ!!）

悲鳴を上げかけたとき、不思議なことが起こった。

さっき拾った紙人形が舞い上がったのだ。

「え……？」

放り投げたわけでもないのに、鳥のように空を舞い上がっていく。

そのまま天高く舞い上がると、反転して攻撃に移った。矢のように飛び、〝白狐〟の手にぶつかった。刀を弾き飛ばすほどの勢いだった。

「くっ……」

〝白狐〟が呻き声を上げて、膝を突いた。その拍子に、白狐の面が外れた。男の素顔が露わになった。

「……そんな」

みやびの口から言葉が漏れた。そこにいたのは、やっぱり秀次だった。

優しい秀次が、みやびを襲ったのであった。

「どうして秀次さんが……？」

みやびが問うたが、岡っ引きは答えてくれない。

「ちくしょうっ！」

叫びながら立ち上がり、みやびを乱暴に突き飛ばした。不意打ちだった。容赦のない突き飛ばし方だった。

地面に転がりながら、さらなる恐怖に襲われた。

だが、秀次はみやびの身体に触れもしなかった。

「痛《つう》っ」

苦痛の混じった声が上がった。秀次の声だ。何が起こったのか分からないが、腕から血を流していた。着物と組紐が赤く染まっていく。

「何？　何が起こっているの？」

みやびは聞いた。答えたのはニャンコ丸だった。

戸惑っていると、ニャンコ丸に怒鳴りつけられた。

「ぼんやりするでないっ！　上を見ろっ！」

逃げるのをやめて、空を見上げている。

「上？」

視線を上げて、初めてそれに気づいた。

「刀……？」

そこにあったのは、抜き身の刀だ。糸に吊られているわけでもなく、刀が宙に浮いていた。

「嘘……」

みやびは、自分の見ている光景が信じられなかった。呆然としていると、秀次が言った。

「……逃げろ」

深手を負ったのかもしれない。声が震えていた。

その言葉が合図だったかのように、宙に浮かんでいる刀が、みやびの喉を目がけて動き出した。

(逃げられないっ！)

今度は、悲鳴を上げる暇さえなかった。恐怖に駆られるより先に、優しい男の声が聞こえてきたからだ。

臨・兵・闘・者・皆・陣・列・在・前

それは、九字の呪《じゅ》だった。これを唱《とな》えながら、指で空中に縦四線、横五線を書けば、どんな強敵も恐れるに足りないと言われている。もとは道教に由来するものであるが、陰陽師や修験者《しゅげんじゃ》などもこの呪文を用いる。拝み屋も使うことがあった。

ニャンコ丸が視線を上げたまま、みやびに言った。

「おぬしも見てみろ。面白い見世物が始まったぞ」

確かに、それは見世物のようだった。みやびの背中に貼り付いていた紙人形が、刀の前に立ちはだかっていた。二つとも宙に浮かんでいる。紙人形と刀が、睨み合っているようにも見えた。

みやびは芝居でも見るように、その様子を見ていた。すると、また、男の声が聞こえた。

オン・アボキャ・ベイロシャノウ
マカボダラ・マニ・ハンドマ
ジンバラ・ハラバリタヤ・ウン

光明真言《こうみようしんごん》だった。

これを誦《しよう》すると、仏の光明を得てもろもろの罪報を免れると言われている。庶民でも、これを唱える者は多い。

だが、ただの真言ではなかった。声を吸い込み、紙人形が変化《へんげ》した。大きな一枚の紙となったのだ。そして、刀と紙人形の戦いが始まった。

最初に動いたのは、刀だった。一枚の紙となった紙人形を斬り裂こうと突撃していった。だが、紙を突き破ることはできなかった。

「呆気ないのう」

確かに、その通りだった。刀は紙に包み取られ、地面に落下した。


優しい男の声が、みやびに話しかけてきた。

「怪我はござらぬか」

声の主は、九一郎だった。九字と光明真言を唱えて、みやびを助けてくれたのだが、分からないことがあった。

「どうして、ここに？」

十万坪で助けられたのは、二度目だ。偶然とは思えない。たまたま会うような場所でもなかった。

「言いにくいのでござるが——」

九一郎が返事をしようとしたときだ。地面に落ちた紙ががさり、と動いた。

「きゃあっ！」

みやびは驚き、飛び上がった。その足元で、ニャンコ丸が言った。

「あやかしが正体を見せるぞ」

「あ……あやかし？　しょ、正体？」

慄《おのの》きながら聞き返した。

「まさか、妖刀？」

空を飛ぶ刀と言えば、それくらいしか思い浮かばなかった。人の血を啜る恐ろしい刀の化け物を想像した。

だが、その予想は外れた。みやびの予想は、いつだって外れる。紙の中から顔を出したのは、掌に乗りそうなチビすけの銀狐だった。

「ええと……？」

みやびは問うように銀狐を見た。チビ狐が睨み返してくる。よく分からないが、嫌われているようだ。

「妖狐だ」

返事をしたのは、ニャンコ丸だった。

鈍いと言われることも多いが、さすがに察することができた。

「もしかして、この子が刀に化けていたの？」

「うむ。悪さしていたのは、こやつだ。人を誑《たぶら》かす」

誑かすのは、狐の十八番《おはこ》なのかもしれない。人を唆《そそのか》す動物と言われている。

「さっさと始末したほうがいいのう」

「始末って――」

「この世から消してしまうかのう」

と、物騒なことを言い出した。どこまで本気で言っているか分からない顔だ。

みやびが返事をする暇もなく、秀次が口を挟んできた。

「勘弁してやってくれ！　ギン太は、おれの力になろうとしただけなんだ！　みやびを追い詰めれば、おれの願いが叶うと思ったんだ！」

「ほう。やっぱり、そういうことか」

ブサイク猫は納得しているが、みやびは意味が分からない。

「え？　秀次さんの力？　願い？」

聞き返したが、返事は聞けなかった。

「おまえには武士の情けがないのかっ!!」

ニャンコ丸に叱られた。ますます意味が分からない。

困惑するみやびを置いてけぼりにして、ニャンコ丸は話を進める。

「秀次、ギン太とやらをどこで拾った？」

「お化け稲荷だ」

人の来なくなった稲荷神社に転がっていた神狐を拾ってやったというのだ。秀次らしい優しさだ。ギン太も、また懐いていた。

「こん！」

秀次を守るように、しつこく、みやびを睨み続ける。親を庇う孝行息子の顔をしていた。

「狐憑きのようなものだのう。まあ、仮にも神社の狐だ。害はあるまい」

ニャンコ丸は断じるが、十分、ひどい目に遭った気がする。

「ギン太が、秀次さんを操ってたってこと？」

「いや、力を貸しただけだ。人の意識を乗っ取るほどの力はない」

「じゃあ、秀次さんが私を殺そうとしたの？」

他に考えようがなかったが、ニャンコ丸は首を横に振った。

「火付けと火消しの一人二役をやろうとしたのだ」

「え？　ひ、秀次さんがうちを燃やしたの？」

「違うっ!!　おまえは、たとえ話が分からぬのかっ!?」

「…………？」

「分かりやすく言えば、秀次はおまえを助けたかったのだ。正義の味方は、悪人がいないと見せ場がないからのう」

説明を聞けば聞くほど意味が分からなくなっていく。助けたいのに襲った？　正義の味方？

再び聞き返そうとしたが、それより先に、秀次が呻くように言った。

「ほ……本当に勘弁してくれ」

傷が痛いのか、顔が赤くなっている。

「今回だけは見逃してやろう。わしの気が変わらぬうちに、チビ狐を連れてさっさと消えるがいい」

被害を受けたのはみやびだし、退治したのは九一郎なのだが、何もしていないブサイクな猫がいちばん威張っていた。

まあ、みやびにしても、仔狐をいじめるつもりはなかった。九一郎を傷つけたことは許せないが、とうの本人は穏やかな顔をしている。

ニャンコ丸が、面倒事を片付ける口振りで言った。

「早く帰れ」

「す……すまねえ」

秀次が立ち上がり、銀狐を抱えるように懐に入れたまま去っていった。みやびは、最後まで秀次の気持ちに気づかなかった。

†

（間に合ってよかった）

みやびが傷を負う前に助けることができた。九一郎はほっとしていた。

ほんの一刻《いっとき》（約二時間）前、みやびが廃神社を出ていった。すぐに気づいたし、九一郎に怪我をさせたことを気に病んでいるのも分かった。でも、追いかけなかった。

（放っておいたほうがいい）

（自分なんかと一緒に暮らさないほうがいい）

そう思ったのだ。みやびのことが嫌いなわけではない。ただ、九一郎には、人とかかわることのできない事情があった。また、やらなければならないこともある。

この事件がなくても、いずれ廃神社をみやびに明け渡し、どこかへ行くつもりでいた。

「これでよかったのでござる」

みやびとニャンコ丸のいなくなった廃神社で、自分に言い聞かせるように呟いた。

だが、その一方で、気になることもあった。

初めて会ったとき、みやびは曲者に狙われていた。そして、その曲者からは妖怪のにおいがした。江戸の町には、あやかしが多い。たいていは無害だが、人間を傷つけるものもいる。人間を喰らうものさえいた。

そうでなくても、みやびには注意が必要だ。みやびは死んだ妹に、どことなく似ていた。

「しばらく様子を見るでござるか」

独り言を呟き、紙人形を放った。拝み屋の一族に生まれた九一郎には、不思議な力があった。古《いにしえ》の陰陽師のように、式神を使うことができた。人間ではないものの血が混じっているから、できることなのかもしれない。

この紙人形は、式神の一種だ。九一郎の目の代わりにもなる。離れていても、みやびの身に何が起こっているのか知ることができた。

みやびを襲ったのは、秀次という男だった。秀次はみやびに恋をし、それを妖狐のギン太の力で叶えようとしたのだ。

人は命を救われると、助けてくれた者に好意を抱く。それが恋心に育つことも珍しくなかった。岡っ引きである秀次は、そのことをよく知っていた。みやびを襲い、困ったところで助けの手を差し伸べるつもりだったのだろう。

（火付けと火消しの一人二役をやろうとしたのだ）

まさにニャンコ丸の言う通りだ。秀次は、みやびを助ける正義の味方になりたかったのだ。本気で殺すつもりなら、あんなふうに追いかけ回しはしないし、九一郎の肩を傷つけただけで姿を消しはしない。それこそ放っておいてもよかったが、妖怪の力を借りるのは危険が伴う。

例えば狐は、人や物に化けたり、幻術を使い、人に取り憑くこともある。ギン太は幼く悪意のない狐だったが、それだけに何をしでかすか分からないところがあった。世間に疎い妖怪は暴走しがちだった。

案の定、ギン太は秀次の意思を無視して、みやびを傷つけようとした。

恐怖に襲われたみやびの顔が、妹の死に顔と重なった。九一郎は、妹を助けられなかった。

気づいたときには、みやびを助けていた。術を使ってしまった。そして、再び、みやびと顔を合わせることになったのだった。

「――ありがとうございました」

みやびが、深々と頭を下げて、九一郎に礼を言った。だが、それは別れの挨拶でもあった。

「ニャンコ丸、家に帰るわよ」

と、仙猫を抱き上げた。みやびの家は燃えてしまった。どこに行こうというのか。秀次も行ってしまった。みやびに頼れる友人や親戚はいないはずだ。そんな人間がいれば、最初から廃神社へはやって来ない。

父親が剣術道場をやっていたのだから、それなりに知り合いはいるはずだが、両親があんな殺され方をしたせいで敬遠されているのだろう。九一郎は胸が痛んだ。その痛みは、罪悪感によるものでもあった。

「いざとなったら橋の下で眠るかのう」

ニャンコ丸が言った。みやびは否定しない。野宿する覚悟を決めているように見えた。

春先とはいえ、まだ夜は肌寒い。しかも江戸の夜は物騒で、よからぬ輩もいる。悪妖怪が出ないとも言えない。

考えるより先に、言葉が溢れ出した。

「たまご飯」

「え？」

みやびが、きょとんとした顔をした。一瞬躊躇《ためら》ってから、九一郎はつづけた。

「また、たまご飯を作るでござる」

「それは……」

問い返すように、みやびが目を見開いた。九一郎は返事ができない。返事をしていいものか、分からなかったのだ。

すると、ニャンコ丸が言った。

「廃神社に戻って来いと言っておるのう」

「で……でも……」

みやびが返事に詰まっている。いまだに、九一郎を傷つけたことを気にしているのだ。気にする必要などないのに、気にしている。九一郎は、また胸が痛んだ。だから言った。

「もう妖狐は襲って来ないでござる」

自分のことは心配しなくていい。そう伝えたつもりだった。

「ええと――」

みやびが返事をしようとした瞬間、ぐうと音が聞こえた。

「腹の虫で返事をするとは器用よのう」

「あんたねえ――」

真っ赤な顔で、みやびがニャンコ丸に言い返そうとする。

「まあまあでござる」

九一郎は割って入った。自分でも、びっくりするくらい優しい声が出た。

「拙者もお腹が空いたでござる。とりあえず、廃神社に帰って、たまご飯を作るでござるよ」

「……はい」

みやびが頷いた。廃神社に戻る気になったようだ。

こうして、二人と一匹の暮らしが再び始まった。

第二話　猿の手

人の数だけ不幸がある。

人間は、生きているかぎり不運から逃れることはできない。松吉《まつきち》が七歳のときに、父親が流行病《はやりやまい》にかかって死んでしまった。

貧乏人が命を落とすのは、江戸の町では珍しいことではなかった。いや、人の世では珍しくないと言い直すべきだろうか。

お金ですべてが買えるわけではないが、命を長らえさせる足しにはなる。

松吉の家は貧乏だった。薬も飲めず医者に診せることもできず、そうかと言って栄養のあるものを食べさせることもできず、父は苦しんだ挙げ句に逝ってしまった。

松吉は一人っ子で、優しい父親のことが好きだった。

(死なないで)

近所の稲荷に何度も手を合わせたが、願いは叶わなかった。

松吉を残して父は死んでしまった。でも、涙は出なかった。泣く気持ちになれなかったのだ。

「ずるいや」

そう呟いたことをおぼえている。正直な気持ちだった。自分と母を置いて、父親だけがあの世に逃げて行ったように思えたのだ。

死ぬのは怖いことだが、生きるのは辛かった。

稼ぎ手を失って一家はますます貧しくなり、綱渡りのような生活が続いた。綱から落ちずにいられたのは、母のおふさが朝から晩まで働いてくれたからだ。

昼間は煮染屋《にしめや》で雇ってもらい、日が暮れると内職に精を出した。そうして母子二人の口を糊していた。松吉は、母が寝ているところを見たことがなかった。

「大丈夫だからね」

母は、口癖のように言った。松吉にではなく、自分に言い聞かせていたんだと思う。病気にならないように、倒れないように言い聞かせていたのだ。

もともと身体が丈夫ではない上に、無理が祟ったのだろう。母も身体を壊した。嫌な咳をする。父がかかった病気の症状に似ていた。

「大丈夫」

同じ台詞を何度も繰り返しながら、嫌な咳をした。父のように血を吐きはしなかったが、頬が痩《こ》けてしまった。

医者に診せたかった。

薬を買ってやりたかった。

栄養のある食べ物を食べさせてやりたかった。

でも、できなかった。そのすべては、お金のかかることだ。子どもの自分には、お金を稼ぐことはできない。疲れ果てた母の背中をさすってやることくらいしかできなかった。

（おっかあ、死なないで）

と、母の痩せた背中に何度も祈った。せめて仕事を休ませてやりたかったが、生きていくためには稼がなければならない。母は働き続けた。

やがて松吉は八歳になった。母の勤める煮染屋の口利きで、蕎麦屋に奉公に出ることになった。

しかし、〝働けるようになること〟が、〝お金を稼げること〟に直ちに結び付くわけではない。大店に奉公に出てもそうだが、最初は小遣い程度しかもらえない。仕事をおぼえて一人前になるのは、五年も十年も先のことだ。

八歳の松吉には、気が遠くなるほど先のことに思えた。

松吉の奉公する蕎麦屋「うめ家」は、小名木川《おなぎがわ》沿いの海辺大工町にあった。その名前の通り、舟大工が多く居住している場所だ。町中から外れてはいたが、客はあった。舟大工たちを相手に商売していた。

江戸の町には蕎麦屋が多いが、その中でも、天ぷら蕎麦が流行っていた。貝柱のかき揚げを蕎麦に載せて食べるのだ。熱々のかき揚げにはふはふ言いながら、蕎麦を啜った。うめ家でも、天ぷら蕎麦を看板にしていた。

そのうめ家の主は、竹造《たけぞう》という名前の六十歳すぎの白髪頭の年寄りだ。もともと女房と二人でやっていた店だったが、その女房に先立たれ、松吉を雇い入れたということらしい。

他に奉公人はいない。竹造一人で蕎麦も打つし、天ぷらも揚げる。注文があれば、酒の肴も作った。口数の少ない職人肌の料理人だが、作る料理はどれも天下一品で、しかも松吉には優しかった。

「この店は、いずれ松吉にやろう。その代わり、たんと修行して一端の料理人になるんだぞ」

そんなことまで言ったのだ。

竹造には、身寄りがなかった。子どもがいたらしいが、一緒に暮らしていない。

生きているかどうかさえ口にしなかった。江戸の町には捨て子も多いが、子どもに捨てられた親もそこら中にいた。

竹造のことは好きだったし、店をもらえるのはありがたかった。まだ包丁さえ握らせてもらえないが、飯屋の商いは好きだった。

一端の料理人になれば、少しは母を楽にしてやれるだろう。旨いものを食わせてやれるし、温泉にも連れて行ける。

でも、それも先のことだ。ずっと、ずっと先のことだ。今の松吉は、大根を洗うことくらいしかできない。松吉が一人前になる前に、母は死んでしまう。

(どうしよう?)

(どうしよう?)

(どうしよう?)

毎日のように思った。頭を絞ったが、答えは見つからない。松吉は、母を死なせたくなかった。そのために、お金が欲しかった。

お金があれば、何もかもが上手くいくと思った。そう思っていた。

うめ家へは、母と暮らす長屋から通った。住み込みでなかったのは、竹造が気を遣ってくれたからだ。

「元気な顔を毎日見せてやれ。それが親孝行ってやつだ」

働き始めのころ、そう言われた。どんなに忙しくても、竹造は松吉を家に帰した。

それだけではない。仕事上がりには、

「残り物だ。おふささんに持って行ってやれ」

と、弁当を包んでくれた。

うめ家は蕎麦屋だが、一膳飯屋のような食事も出す。残り物と言いながら、一日も欠かさず二人分の弁当をくれた。わざわざ作ってくれているのだ。

「ありがとうございます」

心の底から礼を言った。竹造のおかげで、松吉も母も飯を抜かずに済んだ。一日三度は食えないまでも、一食は必ず食べることができる。

「夜遅くまで扱き使っている詫びだ」

扱き使われているとは思わないが、夜遅くなるのは本当だ。

酒も出すうめ家は、夜更けまで暖簾を片付けない。客がいるかぎり、店を閉めなかった。たいてい、木戸が閉まる夜四つ（午後十時ごろ）まで店を開けていた。家に帰るのは、その後だ。夜道を歩いて帰る。

深川の外れは民家も少なく、月のないときには真っ暗になってしまう。でも、夜が怖いと泣くことができるのは、それなりにお金のある家の子どもだ。貧乏長屋の子どもたちは、夜が明けないうちから蜆《しじみ》や浅蜊《あさり》を売り歩いた。世間には、親に捨てられた、家のない子どもだっている。夜を怖がっていては、生きていけない。

その日も最後の客が帰ったのは、夜四つすぎのことだった。

「先に上がらせていただきます」

店の掃除を終えた後、松吉は教えられた通りの台詞を口にして、ぺこりと頭を下げた。

貧乏で手習いにも行けなかったが、母や竹造が話し方を教えてくれた。そのおかげもあって、すっかり大人びていた。

「おう。気をつけて帰《けえ》んな」

返事をしてくれたが、竹造はすでに晩酌を始めていた。向かいの席には、おかみさん――竹造の死んだ女房の位牌が置いてある。いつも、こうして酒を飲んでいた。

「夫婦水入らずの時間だ。邪魔するんじゃねえぞ。とっとと帰《けえ》りやがれ」

竹造の口癖だ。この日も、そう言われた。

松吉はもう一度頭を下げて、うめ家を後にした。

月のない夜だった。曇っているわけではない。新月というやつだ。

新月は、月初めの夜に見えるもので「朔《さく》」とも呼ばれる。月が太陽と同じ方向にあって、暗い半面を地球に向けているために起こる現象だが、このころの人間はそんな理屈は知らない。

松吉は提灯も持たず、急ぎ足で暗い夜道を歩いた。母親のことを考えていた。

母の勤めている煮染屋は夕暮れごろに閉まる。すでに長屋に帰っているはずだ。先に寝ていろと言っても、母は松吉の帰りを待っていた。

「子どもを待つのは、親の楽しみなんだよ」

と、言って聞かなかった。松吉にしても、母と話してから寝たい気持ちがあった。母と話すと、ほっとする。

少しでも早く帰ろうと歩いていると、不意に何かにつまずいた。

「おっと」

松吉は、顔をしかめた。足に当たった感触が柔らかかったので、犬の死骸にでもつまずいたのかと思ったのだ。

だが、そうではなかった。転がっていたのは、もっと小さなものだった。

「手？」

胸がどきんと跳ね上がったのは、人の手だと思ったからだ。手首から切断された手に見えた。

「辻斬り？」

松吉は呟いた。物騒な世の中だ。夜明けとともに、誰かに殺された死体が通りで見つかることはよくあった。

見てしまった以上、放ってはおけないが、役人に届けるにしても、転がっているものをちゃんと見ておかなければならない。ちゃんと説明できないと、相手によっては大目玉を食らう。

松吉はおそるおそる顔を近づけた。そして、目を丸くした。

「まさか、猿の手……？」

人間のものとは思えない体毛に覆われていた。指の形も、爪も獣のものだった。猿回しの猿を何度か見たことがあった。「猿曳《さるひき》」とも呼ばれ、正月になると縁起物として門付けして回る。その猿の手に似ているように見えたのだ。

気味が悪いと思う者もいるだろうが、松吉は違った。

（欲しい）

ずっと、そう思っていた。

「これがあれば――」

呟きかけて、言葉を飲み込んだ。慌てて周囲を見たが、誰もいない。どこかで犬が吠えていたが、その声も遠い。

迷わなかった。松吉はそれを拾い上げた。自分のものにした。

これが、この物語の始まりだ。

†

「……猿の手が欲しい」

みやびは呟いた。ある昼下がり、九一郎と暮らす廃神社の庭先でのことだ。

「猫の手も借りたいの間違いではないのか？」

と、ニャンコ丸が聞き返してきた。

みやびとニャンコ丸は、九一郎の世話になっていた。三度の食事を食べさせてもらっている。廃神社に戻って来てから、何日かが経った。

せめて役に立とうと、みやびは草むしりをしているが、ブサイク猫は潰れた鞠のように寝転がって日向ぼっこをしている。手伝う能力もなければ、そのつもりもないようだ。どこまでも使えない猫だが、話し相手にはなる。

「猫の手じゃなくて、猿の手よ」

「うん？」

「あんた、猿の手も知らないの？」

「みやびの手のことか？」

「誰が猿よっ！」

全力で突っ込むと、ニャンコ丸が不服そうにしっぽを立てた。

「ちゃんと説明せい」

偉そうだが、話を始めたのはみやびだ。説明をした。

「猿の手を持っていると、願いが叶うって言い伝えがあるのよ」

「よくある話だ。その手の言い伝えは唐土にもあったのう」

欠伸混じりに言われた。異国のことは分からないが、確かに、ありがちな話なのかもしれない。絵草子にも書かれている有名な話で、深川では、子どもですら知っていた。

「女と引き換えに願いを叶えてくれるというやつだな」

「女と引き換え？」

「違うのか？」

「私が知っているのは、ただ願いを叶えてくれるだけの話だけど」

「ふん。子ども騙しだな」

もう一度、欠伸をして、みやびに聞いてきた。

「それで、おぬしは何を願うつもりだ？」

「お金よ」

「相変わらず人間というものは浅ましい。みっともない生き物だのう」

わざとらしく、ため息をついている。言いたいことは分かるが、こいつにだけは言われたくない。みやびは反論した。

「お金がないと暮らせないでしょ。家が燃えちゃったんだから」

「暮らせておるではないか」

「え？」

「三度の飯を食って、寝る場所もある。それで十分だ」

「そうだけど――」

九一郎の世話になっているだけである。「暮らせている」とは言えない気がした。

そんなことを思っていると、ニャンコ丸がまた言った。

「何なら、九一郎の嫁にしてもらえばよかろう」

「ちょ……ちょっと、変なことを言わないで」

「ん？　嫌なのか？」

「嫌じゃないけど――って、そういう問題じゃなくて」

「ふむ。では、どういう問題だ？」

と、なぜかニャンコ丸に問い詰められていた。口の達者な猫である。

みやびは返事に困り、誤魔化すように通りのほうを見た。

廃神社の境内に続く道の脇に、白梅の老木に立てかけるようにして二つの看板が置かれている。

よろずあやかしごと相談つかまつり候
早乙女無刀流道場

剣術道場の看板は、九一郎が運んでくれた。わざわざ焼け跡から廃神社まで持って来てくれたのだ。

「せっかくでござるから」

と、拝み屋の看板と並べた。

「ふむ。これを餌に呼ぶつもりか」

ニャンコ丸が、何やら言っていた。客寄せという意味だろうが、的外れである。

この廃神社は深川の外れ——十万坪そばにあって、そもそも人通りがない。どう考えたって、誰も来ないだろう。

だが、みやびは間違っていた。的外れなのは、みやびのほうだった。

その日、道の向こうから人がやって来た。

すらりとした背の高い男がこっちに歩いて来る。遠くからでも、二枚目だと分かる姿をしていた。

（あれは——）

みやびが気づくと、男が挨拶してきた。

「邪魔するぜ」

いなせな声だった。何日か前に、みやびを追いかけ回した男の声だ。

「秀次さん……」

現れたのは、岡っ引きの秀次であった。

「改めて謝ります。申し訳ないことをしました」

みやびと九一郎に頭を下げたのだった。

怪我をさせられたにもかかわらず、九一郎は優しかった。

「気にする必要はないでござる」

そう言って許したのだった。

一方、ニャンコ丸は意地が悪い。皮肉たっぷりに言葉を投げつけた。

「性懲りもなく、みやびの命を狙いに来たのか？」

「そうじゃねえ」

いなせな岡っ引きは首を横に振って、「よろずあやかしごと相談つかまつり候」の看板を指差したのだった。

「あれを頼みに来た」

「あれ？」

何が言いたいのか、みやびには分からない。ニャンコ丸も、不思議そうに首を傾げている。

「ん？　あの看板が欲しいのか？」

「違う」

秀次が再び首を横に振った。その拍子に懐が動き、仔狐が顔を出した。妖狐のギン太である。ずいぶんと仲がいいようだ。すっかり秀次に懐いている。狐憑きというより、親子みたいだ。そう思うと、顔つきも似ている。

そんなギン太の頭を撫でながら、秀次が切り出した。

「仕事を頼みに来たんだよ」

「猿の手ってのは、本当にあるんですかね」

秀次の話は、そんなふうに始まった。ちなみに言葉遣いが丁寧なのは、九一郎に問いかけているからだ。

みやびは、秀次を九一郎の部屋に通した。最初は、話を聞くつもりなどなかった。

（拝み屋の仕事だもんね）

一緒にいても邪魔になるだけだ。しかし、庭先に戻ろうとする間もなく、秀次が話し出した。しかも、猿の手の話だった。みやびは興味を引かれた。九一郎も、みやびを邪魔にしている雰囲気ではなかった。

（まあ、助手みたいなものか）

声に出さず思ったが、嫁入り前の乙女の頭の中をのぞき込む不届者がいた。それも二匹だ。

「役に立ちそうにない助手だのう」

「こん」

相槌を打ったのは、妖狐のギン太である。ニャンコ丸がみやびを馬鹿にするのはいつものことだが、こいつにも嫌われている気がする。秀次の懐から、みやびを睨みつけていた。

(何もやってないのに)

みやびは、いまだに秀次の気持ちに気づいていなかった。

九一郎が話を進めた。

「猿の手が、どうかしたのでござるか?」

「実は――」

秀次は話し始めた。それは、不思議な話だった。

†

岡っ引きは、町の権力者だ。大商人でも朱房《しゆぶさ》の十手に逆らえない。

その地位を利用して懐を肥やし、また、庶民に迷惑をかける岡っ引きもいたが、秀次は慕われていた。秀次に相談を持ちかける町人は後を絶たなかった。

普通、岡っ引きは袖の下を取るものだが、秀次は一銭ももらわなかった。性に合わなかったし、手に職を持っているので食うに困らないからだ。

秀次は、父親の代から続く組紐職人だった。細い絹糸や錦糸で色鮮やかに紐を組み上げて、日本橋あたりの呉服屋や武具を扱う商店に卸していた。秀次の作る組紐は評判がよく、わざわざ長屋まで買いに来る者さえいる。

「言い値で買いますから、うちの店にも卸してくれませんか」

と、引く手あまただった。腕のいい職人は稼ぎも多い。

そんな秀次だが、悩んでいることがあった。

「岡っ引きなんぞ辞めちまうかな」

一人暮らしの長屋で何度も呟いた。雇い主の同心と上手くいっていなかったのだ。はっきり言えば、その男のことが気に入らない。

「金に汚ねえ野郎だからな」

上役の顔を思い浮かべて、秀次は吐き捨てた。その同心は、袖の下を差し出せば人殺しでも見逃した。しかも高利貸しまでやっている。金の亡者だった。

その一方で、言うことを聞かない相手には、容赦がなかった。秀次が辞めると言えば、嫌がらせをするだろう。江戸の町から追い出される可能性さえあった。

深川で生まれ育った秀次だが、

(旅に出るのも悪かねえ)

と、思っていた。親に死なれ、妻子もいない秀次は、天涯孤独の身だ。誰に遠慮する必要もない。我慢する理由もなかった。

「独り身は気楽でいいや」

秀次は呟いた。その言葉を聞いて、懐からギン太が顔を出した。抗議するみたいに「こん」と鳴いて、秀次の顔を見た。

チビすけ狐は、すっかり懐いていた。秀次の懐を、自分の部屋だと思っているようだ。離れようとせず、ずっと一緒に暮らしていた。

そのせいだろうか。ギン太が何を考えているか、ぼんやりとだが分かるようになっていた。会話らしきものもできる。

「そうだな。独りじゃなかったぜ」

「こん」

ギン太が真面目な顔で頷いた。秀次の相棒になったつもりでいるのだ。

女の声が聞こえたのは、そのときのことだ。長屋の戸の向こうから話しかけられた。

「ごめんくださいまし。親分さん、いらっしゃいますか」

早口で、思い詰めた口振りだった。話を聞く前から、事件が起こったと分かった。

「もめ事が起こったみてえだな」

秀次が言うと、ギン太が心配そうに首を傾けた。

†

「訪ねて来たのは、煮染屋のおふさです。八つになるせがれの松吉のことで相談に来ました」

話を続ける秀次の懐から仔狐が顔をのぞかせ、真面目な顔で聞いている。

(可愛い……)

みやびはそう呟きそうになった。ギン太のことだ。小さくてモフモフしている。

デブ猫のニャンコ丸ではなく、ギン太みたいな仔狐に懐かれたかった。懐に仔狐を入れて歩いてみたい。

ため息をつくと、ブサイク猫が言ってきた。

「わしも懐に入ってやろうか？」

「いい。遠慮しておく」

雷の速さで、申し出を断った。こいつを懐に入れたら、着物が伸びてしまう。間違いなく、はだけてしまう。嫁入り前の娘のやることではない。

間の抜けたやり取りをしていると、秀次が本題に入った。

「松吉が、百両もの大金を持って来たって言うんです」

「え……」

一文なしのみやびは驚いた。何かと物価の高い江戸でも、百両あれば親子二人が十年は食べていける。

「大金だのう。団子が山のように買える」

団子だけではなく、店そのものが買える気がする。それはともかく、問題はそのお金の出どころだ。

「どこから持って来たのでござるか？　拾ったのでござるかな」

九一郎が聞くと、秀次が渋い顔をした。

「金を拾ったんなら、何の問題もねえですよ」

その通りだ。届け出ればいいだけである。感心な子どもだと褒められ、褒美をもらえる可能性だってある。秀次が困った顔をする必要はない。すると、考えられることは一つだ。

「まさか盗んだの？」

言いながら、背筋が冷たくなった。盗みは重罪だ。十両盗めば、首が飛ぶと言われている。子どもだろうと、ただでは済まないだろう。

「早く返さないと」

思わず言った。百両の持ち主に頭を下げて表沙汰にしないように頼めば、あるいは罪に問われずに済むかもしれない。

自明のことのように思えたが、ニャンコ丸が異を唱えた。

「それができぬから、ここに相談に来たのであろう」

「できないって、どうして？」

その問いに答えたのは、秀次であった。眉間にしわを寄せて答えた。

「松吉の野郎、猿の手にもらったと言ってやがるらしいんだ」

「猿の手……」

話がつながった。だが、にわかに信じられることでもない。

「ギン太やニャンコ丸、九一郎さまと出会わなかったら、おれだって嘘だと決め付けただろうな」

秀次が、淡々とした口振りで呟いた。

そうだ。その通りだ。猿の手より信じられないことが、次々と起こっているのだ。

ニャンコ丸が、この廃神社の主に聞く。

「九一郎、おぬしはどう思う」

「松吉どのに話を聞いてみないことには、何とも言えないでござる」

その返事を聞いて、秀次が頷いた。

「あっしもそう思います」

「まだ聞いておらぬのか？」

「ああ。松吉は仕事中だからな」

秀次は答えた。おふさから相談を受けて、そのまま廃神社に来たということであった。ちなみに、店に行くことを遠慮したわけではなかった。

「子ども相手に話せるか分からなくてな」

秀次が、ここに来た理由でもあった。岡っ引きを怖がる子どもは多い。一人では会いに行きにくいのだろう。

「一緒に行くでござるよ」

九一郎が申し出た。仕事を引き受けるつもりのようだ。しかし、秀次は断った。

「九一郎さまみてえな上品なお人が来たら、松吉はしゃべれなくなっちまいますよ」

「拙者、浪人でござるが」

「そんなに品のいい浪人はいませんぜ」

秀次が呆れている。まあ、その通りだろう。着ているものは綺麗だし、九一郎自身も肌が白すぎる。浪人の役をやっている二枚目役者がいいところだ。

秀次より顔立ちが優しいので怖がられはしないだろうが、緊張して硬くなってしまいそうな気がする。

「まずは、みやびに来てもらいてえんだ」

猿の手が本物だったら、九一郎に出馬を頼みたいということなのだろう。

ニャンコ丸が聞かれてもいないのに、意見を言った。

「みやびは庶民そのものだからのう」

「こん」

ギン太が力強く頷いた。人間ではないものたちに馬鹿にされている。豊かな暮らしをしていたわけではないが、言われると腹が立つ。

「あんたたち――」

文句を言ってやろうとしたが、ニャンコ丸は聞いていなかった。みやびのほうを見てもいない。

「九一郎、おぬしは留守番をしておれ。わしらだけで様子を見てくる」

勝手に仕切ったのであった。九一郎も逆らわなかった。


松吉の奉公している蕎麦屋は、小名木川のすぐそばにあった。

天正十八年(一五九〇)、徳川家康《とくがわいえやす》の江戸入府によって、城下の町割りが行われ、江戸の町が作られることになった。江戸川流域と江戸を結ぶために開削されたのが小名木川だ。

その小名木川の橋のそばに、うめ家はあった。地元民に人気の蕎麦屋だと言うが、立派な店とは言いがたい。屋台をいくらか大きくしたような見かけで、百両どころか一両もなさそうである。松吉が盗んだとしても、店のお金ではないだろう。

「邪魔するぜ」

秀次が戸を開けると、渋い声が応えた。

「いらっしゃい」

白髪頭の老人が出迎えた。眉毛まで真っ白になるほど年老いてはいるが、青竹を背中に入れたように背筋が伸びている。

「このじいさんが竹造のようだな。ふむ。旨そうな蕎麦を打ちそうな顔をしておる」

「こん」

あやかしたちが会話を交わすが、竹造には届かない。

「これは、狐の親分。別嬪さんを連れて、逢い引きですかい？　今日は、旨《うめ》え秋刀《さん》魚《ま》がありますぜ」

秀次とは顔見知りらしく、気安く話しかけてきた。狐の親分というのは、秀次の愛称なのだろう。目鼻立ちの整った狐顔の上に、最近では銀狐を懐に入れている。そんなふうに呼ばれるのは自然のなりゆきと言える。

「いや、今日は飯を食いに来たわけじゃねえんだ」

秀次が言うと、竹造の白い眉毛が上がった。

「すると、お役目ですかい」

警戒した声に変わった。事件に巻き込まれたと思ったのだろう。身内や知り合いが事件を起こすと、岡っ引きが訪ねて来ることがある。

「まあ、そんなところだ」

曖昧に相槌を打ち、秀次は切り出した。

「松吉いるかい？　ちょっと聞きてえことがあってな」

松吉は、奥の部屋の掃除をしていたようだ。すぐに顔を出した。

「お呼びですか」

八歳にしては大人びている。話し方も、はきはきしていた。

「みやびより、しっかりしておるな」

「こん」

ニャンコ丸が言い、ギン太が頷いた。この連中ときたら、隙あらば、みやびの悪口を言う。うるさい連中だ。

「親分が、聞きてえことがあるそうだ」

竹造が単刀直入に切り出した。すると、松吉の視線が揺れた。

「親分……？」

「ああ、おめえも知ってる狐の親分さんだ」

「は……はい……」

返事をする松吉の声が震えた。そのくせ、秀次の顔を見ようとしない。視線の揺れが大きくなった。みやびには、隠しごとをしているように見えた。竹造も、そう思ったのだろう。怖い声で松吉を問い詰めた。

「何かしでかしたのか？」

「……いえ」

江戸の年寄りらしく竹造は気が短かった。いきなり怒鳴り始めた。

「嘘をつけ！　真っ白な顔をしてるじゃねえかっ！」

「そ、それは――」

そう言ったきり、松吉は黙った。このまま竹造に任せておいたら、貝のように口を閉じて何もしゃべらなくなってしまう。

「ほれ、みやび。出番だ」

「こん」

ブサイク猫とチビすけ狐に促された。言われなくても分かっている。そのためについて来たのだ。

だが、みやびは話上手ではなかった。しかも、嘘をつけない性格だった。

「百両のことで話を聞きに来たの」

「……おまえは馬鹿なのか」

「……こん」

あやかし二匹が呆れている。まずかったようだ。

竹造が目を剝いた。

「ひゃ……百両!?」

そして、仁王さまのような顔になり、いっそうの大声を上げた。

「松吉っ!!　てめえ、盗っ人の真似をしやがったなっ!!　どこから盗んだっ!?」

そう決め付けるのも無理のないことだ。貧乏人が百両を手に入れる方法は、富くじを当てるか盗むしかない。

「ち……違いますっ！」

「違う？　嘘をつけっ！」

「嘘じゃありませんっ！　猿の手に頼んだんです！」

「猿の手だと？」

竹造が驚いた顔になった。まさか、そんな返事がくると思っていなかったのだろう。

言葉を失った竹造に代わって、秀次が優しい声で言った。

「事情を話してみねえ。悪いようにはしないぜ」

「……はい」

松吉は、自分の身に起こったことを話し始めた。

†

猿の手を見つけたときのことだ。周囲にひとけがないのを確認すると、松吉はその場で願った。神社にお参りするように手を合わせながら言った。

「おあしをください」

お金が欲しかった。猿の手に頼み事をすると、願いが叶うという言い伝えを知っていた。大人びていても子どもにすぎない。絵草子に出てくる話を馬鹿馬鹿しいとは思わなかった。心の底から信じていた。

返事は、すぐにあった。

「――いくら欲しい？」

地面の底から響いてくるような声だった。ただでさえ暗い闇が深くなった気がした。空気が重い。松吉は怖くなった。よくないことが起こりそうな気がしたのだ。

悪い予感ほど、よく当たる。父が死んだときも、こんなふうに空気が重かった。

(言わなければよかった)

言葉には、力がある。いいことも引き寄せるが、悪いことも引き寄せるものだ。猿の手に願ったことを後悔し、その場から逃げ出そうとした。

だが、呼び止められた。

「待て」

松吉の足が止まった。まるで呪文をかけられたように、足が動かなくなった。声は続ける。

「金を手に入れたくば、いくら欲しいか言うがいい」

その瞬間、その声が猿の手から聞こえてくることに気づいた。

猿の手がしゃべっているのだ。

松吉は震えた。

(本物だ。願いが叶う)

頭に浮かんだのは母の顔だった。お金があれば、楽をさせてやれる。

「ほう」

猿の手が声を漏らした。その声が何を意味するのか、このときの松吉は考えもしなかった。ただ、願いを言った。

「百両」

百両という金額に理由はない。思いついた数字を口にしただけだ。すると、返事があった。

「よかろう」

何がよかろうなのか分からないが、松吉は猿の手を隠すように懐に入れて家に帰った。

†

「朝起きると、切餅《きりもち》が四つ、枕元にあったんです」

客のいない蕎麦屋で、松吉は言った。切餅とは、二十五両を方形に紙に包んで封じたものだ。庶民には縁のない大金だった。

「おいら、おっかなくなっちまって」

話しながら、実際に震えていた。屋台の蕎麦が十六文、一両が四千文なのだ。子どもには想像もできない大金だ。みやびだって想像できない。

秀次が念を押すように聞いた。

「金は一銭も使ってねえんだな」

「は……はい」

「切餅のままにしてあるのか？」

「も、もちろんです」

「どこにある？」

「猿の手と一緒に床下に隠してあります」

「そうか」

頷きはしたものの、秀次の顔は冴えない。出どころの分からない百両の大金を放ってはおけないが、どう処理していいのか分からないのだろう。

猿の手にもらったという言葉を秀次自身は信じるとしても、幕府の役人を納得させるのは難しい。

「人は愚かだからのう。この世の理《ことわり》が分かっておらぬ」

「こん」

あやかしたちは言うが、分かれというほうが無理だ。お金が、どこから来たのかの問題もある。

突然、百両の大金が湧いて出るはずがない。とすれば、誰かの持ち物だ。このまま床下に置いておくのもいいが、町奉行所に「盗まれた」と届けが出される可能性もある。処置を誤れば、松吉を罪人にしてしまう。

「猿の手を預かってくれねえか」

と、秀次が、みやびに言ってきた。最初から、そのつもりで連れて来たのだろう。みやび一人なら不安だが、廃神社には九一郎がいる。紙人形を式神にしたくらいだ。きっと猿の手も扱える。

「ちゃんと料金はもらうぞ」

ニャンコ丸が言うと、秀次が応じた。

「もちろん払うさ。それくらいの銭は持っている」

こうして話がまとまった。

「それじゃあ――」

と、松吉が長屋に案内しようとしたが、秀次は首を横に振った。

「店が終わってからでいい」

うめ家に迷惑をかけないためだろう。百両は大金だが、床下に隠してあるなら、まず盗まれる心配はない。そもそも松吉親子が暮らしているのは、泥棒など入りそうにない貧乏長屋なのだ。

「九一郎さまを連れて出直してきてくれ」

と、秀次は言った。

†

自分のことを〝鬼〟だと思うときがある。いや、〝鬼〟ではなく〝鬼の使い走り〟か。

「鬼より質《たち》が悪《わり》いや」

熊五郎はため息をついた。高利貸しの手先をやっている自分にうんざりしていた。

金貸しが悪いというわけではない。困ったときに金を貸してくれる存在は、誰にとってもありがたいものだ。医者にかかるには大金が必要だし、元手を借りなければ成り立たない商売だってある。

だが、高利貸しは別だ。足元を見て高い利子で貸し付ける。自分の懐を潤すことしか考えていない。他人の命など屁とも思っていない連中がやる仕事だ。

江戸の町には、「烏金《からすがね》」「百一文」など、その日暮らしの庶民相手の高利貸しが存在した。

烏金は、翌朝に烏が鳴くまでに返済しなければならないものだ。日歩《ひぶ》で借りる高利の金で、金を借りた翌日の早朝までに、元金と利息を返さなければならない。

百一文は、朝百文を借り、晩に利息を添えて百一文にして返すものだ。

両方とも、べらぼうに利子が高く、庶民は取り立てに泣かされていた。庶民が泣けば泣くほど高利貸しは儲かる。涙で蔵が立つ商売だと言われている。

熊五郎は、そんな高利貸しに雇われている。取り立ての仕事をやっていた。そそろ一年になる。

自分で始めたことだが、雇い主が気に入らない。

「町奉行所の役人が高利貸しをやってるんだから、世も末だな」

ときどき、誰もいない道端で吐き捨てた。

熊五郎を雇っているのは、榎田《えのきだ》という名の同心だった。役人としては身分の低い同心だが、やりようによっては大金を得ることができる。事件を揉み消す代わりに、百両二百両という金をゆすり取ったこともあるらしい。

そうやって商人から袖の下を取り、それを元手に金貸しを始めたのだ。

榎田自身は、陰に隠れていた。熊五郎を高利貸しだと思っている者も少なくない。

おかげで町内の嫌われ者だ。子どもに石を投げられたことさえある。

水に慣れたとでも言うのか、最近では嫌な人間になっていた。えげつない取り立てを楽しんでいる自分がいるのだ。いつか後戻りできなくなるだろう。

(こんな真似をしてると、おっかさんと女房が悲しむぜ)

いつだったか、秀次に言われた言葉が、耳元で聞こえ続けていた。

熊五郎には､母と妻がいる。屋台に毛が生えたような店で大福屋をやっているが、それだけでは家族を養っていくことができなかった。

しかも、女房の腹には赤ん坊がいた。生まれて来る子どもに不自由はさせたくなかった。母にしても今は元気だが、年齢が年齢だけに、いつ病気になるか分かったものではないのだ。

「甲斐性がねえんだからしょうがねえよな」

自分に言い聞かせるように呟いた。辿り着く答えは、いつも同じだ。高利貸しの手先を務めるしかない。金を稼ぐために嫌われ者の仕事を続けるしかなかった。


その日。

熊五郎は、雇い主の榎田に呼び出された。屋敷に着くなり、庭先で命じられた。

「百両をさがして来い」

高利貸しの同心は四十すぎの痩せぎすで、どことなく蟷螂《かまきり》を思わせる容貌をしている。同心の屋敷は八丁堀にあることが多いが、榎田は深川に住んでいた。特別なことではなく、榎田の他にも深川や本所に居を構える同心はいる。

お上の事情は分からないが、人通りのない場所は、高利貸しにとって都合がいい。手下を自由に出入りさせられるからだ。

そうでなくても同心は、岡っ引きや下っ引き、密偵と呼ばれる人間を使うので、熊五郎のような輩が出入りしていても見咎められることはなかった。

毎日のように用があると呼びつけられるのだが、家に上げてもらったことはなかった。雨が降っていようと、庭先で控えていなければならない。

「百両と申しますと？」

「昨日まであったはずの金が消えた」

榎田の声は苛立っていた。金が、何よりも大切な男なのだ。

だが、その説明では意味が分からない。熊五郎は聞き返した。

「金が消えた……？」

「そうだ。寝る前にあった百両が、朝起きたら消えていた」

苛立たしげに——まるで熊五郎の落ち度であるかのように、榎田は返事をするのだった。

この榎田には、妻も子どももいない。他人を信用する男ではなかった。通いの奉公人がいるが、金を置いてある部屋には近づけさえしないだろう。ましてや道端に金を落とす男ではない。

盗っ人が入ったとしか考えられないが、榎田は町奉行所の同心だ。そんなことが表沙汰になったら、赤恥をかく。

「何としても取り戻して来い」

「取り戻せと言われましても……」

熊五郎は戸惑った。誰が盗んだのか分からないのだから、取り戻しようがない。

「どう、さがしていいものか……」

言い淀むと、榎田が舌打ちした。

「わしの家から百両を盗む度胸のある者など何人もおらぬ」

「……なるほど」

榎田は、悪党のしわざだと言っているのだ。確かに、善良な町人は同心の屋敷に盗みに入らないだろう。

「このような真似をしそうな破落戸《ごろつき》どもを虱潰《しらみつぶ》しに当たれ」

「……へい」

「必ず金を取り戻して来い。破落戸も連れて来い。盗んだ不届者は、わしが成敗してくれる」

「成敗……」

「ああ。わしの金を盗む者は、女だろうと子どもだろうと斬る」

「へ……へい」

榎田は、刀だけでなく鉄砲もよく使う。情け容赦のない性格でもあった。人を殺すことなど何とも思っていない。この男なら、赤子でも殺すだろう。悪い予感しかなかった。

こうして、百両をさがす仕事を言い付けられたが、高利貸しの手先としての仕事がなくなったわけではない。

「きっちりと取り立てて来い」

と、命じられた。

手当てはもらっているが、榎田は吝《しわ》い。成功報酬と言えば聞こえはいいが、取り立てたうちから雀の涙ほどの金をくれるだけで、取り立てに失敗すれば一銭にもならなかった。そのくせ、家来のように扱き使う。

(けちな野郎だぜ)

舌打ちしたくなるが、その雀の涙がなければ暮らしが立たないのだから笑えない。みっともないのは、やっぱり甲斐性のない自分のほうだ。

「最近、取り立てが滞っておるな。怠けていると承知せぬぞ」

きつい口調で釘を刺された。秀次に説教されてから、仕事をしていなかった。

「へえ……」

腰を屈めるようにして、榎田の屋敷を出た。

「取り立てから始めるか」

盗っ人を見つけるのは後回しにした。簡単なほうから手を付けようと思ったのだ。

「簡単だとよ」

自分の台詞を嘲笑った。いつかの榎田の言葉を思い出したのだ。

榎田が金を貸す相手は、庶民と決まっていた。自分より強い役人や大商人には貸さない。それには、この男なりの理由があった。

「いいことを教えてやろう」

聞いてもいないのに、そう言い出したことがあった。

「へえ」

相槌を打つと、榎田は得意げに言った。

「弱い者から搾り取るのが、簡単に金を稼ぐコツだ」

それだけではなかった。行方不明になった者の家族に、「金を貸した」と言いがかりをつけるのも榎田の指示だ。貸してもいない金を取り立てろ、と命じるのだ。

「地獄行きだな」

榎田ではなく、自分のことだ。今まで榎田に言われるがままに、金を取り立てた。借りていない相手から取り立てたこともある。

そのことに嫌悪感があったが、背に腹は代えられない。あるかどうか分からないあの世よりも、家族のいる現世のほうが大切だった。

「とりあえず、おふさのところに行ってみるか」

自分に言い聞かせるように呟き、熊五郎は貧乏長屋に向かった。

おふさの夫が死んだときに、榎田は葬式代を貸した。ずいぶん長い間、貸したままになっているが、せがれの松吉が奉公に出ているのだから、借金のいくらかは返せるだろうと思ったのだ。

だが、熊五郎は間違っていた。とんでもない事件に巻き込まれることになる。

おふさの家のことはよく知っている。借金の取り立てに、何度も来たことがあった。

「相変わらず、ぼろっちいな」

おふさ親子の住む長屋を見て、熊五郎は言った。壁は罅割《ひび》れ、屋根には穴が空いている。雨漏りするだろうし、地震がきたら崩れそうな建物だった。

「金なんぞ、ありそうにねえなあ……」

そう呟いたものの、引き返さなかった。ここで帰ったら、もう二度と借金の取り立てをできない気がしたのだ。

「邪魔するぜ」

形ばかりの声をかけて、戸をがらりと開けた。返事を待たないのは、いつものことだ。遠慮していては、借金取りは務まらない。

だが、その形ばかりの声かけさえ不要だった。

「なんだ、留守かよ」

長屋には、誰もいなかった。母親も松吉も仕事に行っているのだろう。蕎麦屋で働いている松吉はともかく、おふさは帰って来ていると思っていた。このときの熊五郎は、おふさが秀次の家に行ったために行き違いになったことを知らない。

「しょうがねえな」

借金の取り立てを先延ばしにできて、ほっとする気持ちがあった。やっぱり、この仕事に向いていない。

「出直してくるか」

と、おふさ親子の長屋から出て行こうとしたときだ。

「うん？」

床板がずれていることに気づいた。梅干しや味噌などをしまっておくところだ。

「だらしねえな」

熊のような見かけによらず、細かいところが気になる性格だった。食べ物屋をやっているせいもあるし、家族持ちだけに所帯染みたところもあった。開けっ放しのままだと虫が入ってしまう。

「しょうがねえな」

熊五郎は、長屋に上がって直そうとした。床板に手をかけたときだった。話しかけられた。

「おまえの願いを叶えてやろう」

不気味な男の声だった。長屋には、誰もいない。しかし、はっきり聞こえた。床下のほうから声がした。

「だ、誰だっ!?」

熊五郎は叫ぶように聞き返した。床下に盗っ人が隠れているのはよく聞く話だ。

「そこに誰かいやがるな。出てきやがれっ！」

床下に向かって怒鳴りつけてやった。いきなり声をかけられて驚きはしたが、熊五郎も高利貸しの手先として修羅場《しゅらば》をくぐり抜けている。こそこそ隠れる盗っ人など怖くはない。

「開けるぞ！」

吠えるように言って、床板を外した。しかし、誰もいない。

そこにあったのは、百両の切餅と猿の手だった。


四半刻後。

熊五郎は、金と猿の手を持って、榎田の屋敷に戻った。おふさ親子の家の床下にあった百両は、榎田の家から消えたものだった。包み紙に印が付けてあった。

「何だ、こりゃあ……」

見つけた瞬間、そう呟きはしたが、意味するところは明らかだった。おふさか松吉が盗んだのだ。どうやって盗んだのかも分からなければ、わざわざ同心の屋敷を狙った理由も分からないが、百両を床下に隠していたのだから、言い逃れはできない。

「殺されちまうぞ」

熊五郎は呻いた。榎田は、二人を許さないだろう。熊五郎にしても見てしまった以上、知らないふりはできない。

手柄として榎田に報告しようとは思わなかった。熊五郎も、母一人子一人で育った。幼いころの自分と松吉の姿が重なった。だから、榎田に土下座した。

「見逃してやってください。父親《てておや》のいねえ親子なんです」

「ほう。見逃す？　わしにどうせよと言うのだ？」

「どうせよと――」

「盗んだのでなければ、なぜ、おふさとやらの長屋に金があった？」

「猿の手が盗んだってことにしていただけませんか？」

榎田の情けにすがった。

しばらく考えた後、榎田が鷹揚に頷いた。

「よかろう」

「ありがとうございます」

熊五郎は、さらに頭を下げた。だが、礼を言うのは早かった。この男に礼を言う必要はなかった。

「猿の手が盗んだという証拠を見せろ」

と、榎田が言い出したのだ。

「証拠……？」

「そうだ。猿の手が、貧乏長屋に百両を運んだのであろう？　つまり、貧乏人の願いを叶えたということだな」

理路整然と言われ、学もなく弁も立たない熊五郎は頷くしかなかった。

「へ……へえ」

「ならば、その証拠を見せろ」

「証拠と言われましても――」

「猿の手に願ってみせろ。本物なら叶えてくれるはずだ」

榎田は、意地の悪い笑みを浮かべていた。

なく、熊五郎にも嫌がらせを始めた。

（嬲《なぶ》るつもりだ）

榎田は情けの分かる男ではなかった。性格が捻じ曲がっている。おふさ親子だけでなく、熊五郎にも嫌がらせを始めた。

「猿の手の言い伝えは知っている。何でも願いを叶えてくれるのだろう？」

熊五郎は唇を嚙んだが、言い返すことはできない。榎田は何もかも承知の上で、さらに言う。

「どうした？　早く願ってみろ」

「……何を願えばよろしいんでしょうか」

仕方なく問い返すと、

「金だ。千両箱を出してみろ」

「へえ」

熊五郎は頷き、

「金が欲しい。千両箱をくれ」

と、猿の手に願った。それは、熊五郎自身の願いでもあった。金さえあれば、こんな男の下で働かなくても済む。母親と女房を養うことができる。女房お里《さと》の顔を思い浮かべた。

どこか遠くで、誰かが「ほう」と言った気がした。頭の中を覗き込まれた気がした。そして、熊五郎はその声の意味をすぐに知ることになる。

†

みやびとニャンコ丸は、秀次と別れて廃神社に戻った。九一郎に事情を話すと、二つ返事で引き受けてくれた。

「一緒に行けばいいのでござるな」

すると、ニャンコ丸が唆すように言った。

「そうじゃ。それで猿の手と一緒に、百両も、もらってしまえばよかろう。いい稼ぎになるのう」

相変わらず腹黒い猫だった。

「そんなにいらないでござるよ」

「ほう。金には困っていないということか？」

「ニャンコ丸、失礼よ」

みやびが注意すると、ブサイク猫が鼻を鳴らした。

「金に困っている娘が何か言っているのう」

「誰がお金に困ってるのよ？」

「おぬしだ。家もなく、一文なしであろう。付け加えると、顔も今一つときておる」

最後の一言は余計だ。

「あんたなんか、ただのブサイクなデブ猫じゃない」

「わしのどこがデブだ！　この可愛さが分からぬとは、おぬし、たわけだな。唐土で一番の美猫と呼ばれておったのだぞ」

息を吐くように嘘をつく。異国のことは知らないが、潰れた鞠を可愛いと言うはずはなかろう。

「しかも、ただの猫ではないぞ、唐土の仙猫だ。かの国では、今も神として崇められておる！」

胸を突き出すようにして威張っているが、こんな間抜け顔の神を崇める物好きがいてたまるか。

「あんたを崇めるのは、ねずみと三味線屋くらいでしょ」

「何だと!?　こう見えても唐土ではな――」

ニャンコ丸が言いかけたときだった。

「た……助けてくだせえっ！」

と、男の声が、廃神社の玄関のほうから聞こえた。客が来たようだが、その声には聞きおぼえがあった。

ニャンコ丸も分かったらしく、耳を動かしながら言った。

「この声は、高利貸しの子分の熊五郎だな」

「うん……。そうみたい」

間違いない。取り乱した熊五郎の声だ。

「行ってみるでござる」

九一郎が立ち上がり、玄関に向かった。

「嫌な予感がするんだけど……」

みやびが呟くと、ニャンコ丸が言った。

「ふむ。その予感は当たっておる。だが、安心するがいい。この世で起こることは、たいてい嫌なことだ」

玄関先に行くと、熊五郎がいた。そして、九一郎を見たとたん、すがりつくように言ってきた。

「お……拝み屋の旦那――」

「どうしたのでござるか？」

「た、た、助けてくれっ!!」

玄関先に両手を突いて、声を張り上げた。熊によく似た顔からは、完全に血の気が引いていた。気が動転しているらしく、「助けてくれっ!!　助けてくれっ!!」と繰り返している。口を挟む隙さえ与えない。

これでは、何が起こったのか聞くことができない。九一郎も困っている。

「人間というのは、手がかかるのう」

ニャンコ丸が呟き、それから、にょこ、にょこ、にょこと熊五郎に近づいた。そして、前足の肉球を熊五郎の額に押し付けた。

「ぺたん」

と、音が鳴った。ニャンコ丸の術だ。

「肉球判子」

みやびは、そう呼んでいる。ぺたんとされると、ニャンコ丸の言葉が分かるようになるのだった。

「特別に猫大人さまが聞いてやろう。話すがよい」

ブサイク猫が偉そうに言うと、熊五郎がきょとんとした顔になった。

「こ……今度は、猫がしゃべった……」

「今度？」

嫌な予感が大きくなった。熊五郎を追い返したほうがいい気もしたが、九一郎は高利貸しの手先さえも見捨てなかった。

「何が起こったのでござるか？」

九一郎が聞くと、熊五郎がいくらか落ち着いた顔になった。九一郎の声を聞くと安心するのは、みやびだけではないようだ。

「さっさと話せ」

ニャンコ丸が催促した。すると、ようやく熊五郎が話し始めた。

「実は——」

†

およそ半刻前のことだ。熊五郎は猿の手に願った。

「金が欲しい。千両箱をくれ」

「………」

沈黙が流れた。しばらく猿の手を見つめていたが、当然のように千両箱は現れなかった。さっき聞こえた妙な声も、もう聞こえない。

それを見て、榎田が命じた。

「不届者の親子を連れて参れ」

「ご勘弁を」

「ならんっ!!」

「お上の情けを」

「うるさい！　さっさと連れて参れっ！」

榎田が言ったときだ。ずしん、ずしんと足音が聞こえた。それは、人間のものとは思えない重い音だった。

町奉行所の同心の屋敷は寂しい場所にあることも珍しくなかったが、榎田の屋敷も、周囲には何もなかった。ただ唯一、向かいの右側に土塀をめぐらした屋敷が見えるが、人は住んでいなかった。表門が朽ちかけている。

その荒屋敷を通り抜けようとしている音が聞こえる。誰かが近づいて来る。どす、どすと地響きのような音がやって来た。

「曲者のようだな」

榎田が刀に手をかけた。熊五郎も匕首を摑んだ。榎田は町奉行所の同心である上に、あくどく儲けている高利貸しだ。恨まれる理由はいくらでもあった。

そして、それ以上に、足音が不穏すぎる。どこぞの町人が通りかかっただけとは思えなかった。

「……熊五郎、ぬかるでないぞ」

「……へい」

低い声で言葉を交わした。

やがて姿が見えた。予想もしなかったものだった。

「さ……猿？」

それも、ただの猿ではない。現れたのは、七尺はあろうかという大猿であった。左手がなかった。

「化け物……」

榎田が目を見開いた。驚くべきは、大猿だけではない。熊五郎は叫んだ。

「お里っ!?　おふさっ!?」

自分の女房と松吉の母親の名前だ。意味もなく叫んだわけではない。

大猿は、二人の女と千両箱を担いでいた。大猿は、女をさらう妖怪だった。

†

熊五郎の話を聞いて、ニャンコ丸が断じた。

「それは攫猿《かくざる》だのう」

「そのようでござるな」

九一郎も知っているようだが、みやびは「攫猿」という名前さえ初耳だった。怪談好きの江戸っ子らしく化け物の名前はそれなりに知っているつもりだったが、馴染みのない名前だ。

「それ、何？」

みやびが聞くと、九一郎が教えてくれた。

「唐土の妖怪でござるよ」

色は青黒く、人間のように歩く。女をさらうと言われているらしい。

「猿の手の正体だ」

「え？」

「攫猿は女好きでのう。願いを叶えるのと交換に、女を連れて行くのだ」

「連れて行く？　まさか、食べるの？」

「安心しろ。鬼ではないから、人を喰いはせん。自分の女房にして、子どもを産ませるだけだ」

ちっとも安心できない内容だった。願いを口にした人間の一番大切な女をさらうという。

「それはともかく、どうしてここに来た？　拝み屋がここにいることを、なぜ知っておる？」

ニャンコ丸が、熊五郎に聞いた。もっともな質問である。拝み屋の看板は置いてあるが、宣伝しているわけでもなく、人通りのない場所に廃神社はあった。来たこともない熊五郎が、知っているはずがなかった。

だが、その疑問はすぐに解けた。簡単な話であった。

「狐の親分——秀次親分が、あんたらに来てもらえって」

「秀次さんが？　どうして？」

「秀次親分は、榎田の旦那さまから十手を預かってるんだ」

その説明で理解できた。岡っ引きが役宅を訪ねるのは仕事だ。律儀な秀次のことだから、朝に晩に顔を出していたのだろう。そして、攫猿騒動に巻き込まれた。

「相変わらず運のない男よのう。あやつ、不憫な星の下に生まれたようだ」

ニャンコ丸が同情している。

「不憫？」

聞き返すと、ニャンコ丸が憐れむような顔をした。

「まだ分かっておらぬ」

「だから何が？」

その質問には答えなかった。九一郎が口を挟んだのだった。

「話をしている場合ではござらぬ」

「うむ。早く行かぬと殺されてしまうのう。攫猿は、男には容赦せぬぞ」

ニャンコ丸が不吉なことを言った。

†

（おれってやつは、どうして、いつもいつも間が悪《わり》いんだよ）

秀次は、声に出さず嘆いた。控え目に言って、報われない星の下に生まれたとしか思えなかった。

目の前には、この世のものとも思えぬ大猿がいる。今にも、秀次に襲いかかって来そうだ。

うめ家で松吉に話を聞いた後のことだ。いったん廃神社に戻ったみやびとニャンコ丸を見送った。

「一杯、どうです？　たいしたものはありませんが、田楽くらいは作れますよ」

竹造に言われて、喉がごくりと鳴った。

串に刺した豆腐を炙り、木の芽味噌を塗りつけて焼いた料理だ。味噌の香ばしさを想像しただけで、酒が呑みたくなった。舌が焼けるほど熱い味噌田楽を、冷たい酒で流し込むのだ。

だが、秀次は断った。

「……やめておく。これから行かなきゃならねえ場所があるんだ」

榎田のところに顔を出さなければならなかった。

「日が落ちる前に、必ず挨拶に来い」

と、命じられていた。

（面倒くせえ）

そう思わなくもないが、榎田は雇い主に当たる。命令を聞かなければならない立場だった。酒のにおいをさせて行くわけにはいかない。

毎日、顔を出すように言われていた。雨の日も風の日も、屋敷に行かなければならない。熱があろうと、榎田は休むことを承知しなかった。そのくせ、秀次が挨拶に行っても出て来ないときがある。顔も出さず追い返すのだ。

（とことん気に入らねえ野郎だ）

顔をしかめたが、岡っ引きが同心に逆らうことはできない。この日も榎田の屋敷に行った。

「何だ、こりゃあ……」

榎田と熊五郎、そして大猿がいた。秀次は腰を抜かしそうになったが、それでも逃げなかった。榎田と熊五郎はともかく、大猿が女を二人――おふさとお里を担いでいたからだ。

（猿の野郎、さらうつもりだな）

見たとたんに分かったが、相手が悪すぎる。

（おれの手に負えそうもねえぜ）

と、察した。普通の人間の勝てる相手ではないだろう。だから、熊五郎に命じた。

「十万坪のそばに廃神社がある。雑木林を抜けた先だ。そこに行って、拝み屋を呼んで来い」

「お……拝み屋？」

聞き返してきたが、熊五郎は腰を抜かしたように座り込んでいる。

「そうだ。おれじゃあ、手に負えねえ。てめえの女房を助けてえんなら、さっさと行きやがれ!!」

活を入れると、しゃんとした。

「へ……へいっ！」

飛び上がるように立ち上がり、駆け出した。

「こ、これ、熊五郎――」

榎田が呼び止めようとするが、

「千両箱だ」

と、大猿が榎田の前に放り投げた。榎田の反応は速い。

「か、金だっ!!　わしの金だっ!!」

叫びながら、千両箱に取りすがった。いつの間にか、猿の手を抱きかかえるようにして持っている。金も猿の手も、自分のものにするつもりなのだろう。欲に駆られた醜い顔で、目を血走らせている。

「願いは叶えた。女はもらって行く」

大猿が立ち去ろうとする。金と交換に、おふさとお里を連れ去るつもりだ。

「待ちな」

秀次は、大猿の道を塞ぐように立ちはだかった。このまま帰すわけにはいかない。

「どこかに行っちまうのは歓迎だが、女は置いて行きな」

「断る。邪魔をするな」

「人さらいの邪魔をするのが仕事でな」

「死にたいようだな」

大猿が牙を剝いた。目には殺気がこもっている。

言葉では説得できそうにない。戦うしかなかったが、やはり自信がなかった。秀次の持っている武器になりそうなものといえば、十手と捕縄《とりなわ》代わりの組紐くらいだ。

（やべえな……）

だが秀次には、強い味方がついていた。

お化け稲荷の神狐――銀狐のギン太である。

「こんっ!!」

秀次の懐から飛び出し、素早い動きで宙に舞い上がった。見かけは可愛らしい仔狐だが、ギン太は変化を得意とする妖怪だ。

どろんと煙を上げて、刀に変化した。ぎらりと光る刃で、大猿を倒そうというのだ。

ギン太は怒っていた。大好きな秀次を殺そうとするやつは許せない。電光石火の動きで、あっという間に大猿に迫った。だが、身体の大きさが違いすぎた。

「ふん。鬱陶しい」

大猿が右手を動かした。ただそれだけの動作で勝負は決まった。

ギン太は蠅を叩くように平手で打たれて、地面に転がった。片手しかない大猿に勝てなかった。地面に打ちつけられた衝撃で変化が解けて仔狐の姿になった。そして、ぴくりとも動かなくなった。

「ギン太っ！」

秀次は駆け寄り、抱き上げた。すると、しっぽが軽く動いた。死んではいないようだ。

「よかった……」

胸を撫で下ろしたが、事態は悪い方向に進んでいた。大猿は秀次とギン太を見ようともせず、二人の女を連れ去ろうと再び歩き始めた。急ぐでもなく、悠々とした足取りで引き上げて行く。

妖狐の力を借りても秀次には、松吉の母親と熊五郎の女房を助けることができない。手も足も出なかった。

「くそっ」

秀次はギン太を抱いたまま、拳で地面を叩いた。こうなったら、命を捨てて大猿に殴りかかろうかとも思った。

――と、そのとき、間抜けな声が聞こえた。

「八つ当たりはいかんのう。まあ、相手が地面では、手が痛いだけだがな」

ニャンコ丸の声だ。

（やっと来た）

見れば、ブサイクな猫を先頭に、みやびと九一郎たちが立っていた。

「親分、連れて来やしたぜ」

と、熊五郎が言った。

†

（来るんじゃなかった……）

みやびは攫猿を見たとたん、熊五郎について来たことを後悔した。廃神社に残って、草むしりでもしているべきだった。

凶暴そうな大猿だった。九一郎やニャンコ丸が言っていたように肌は青黒く、口から牙が飛び出している。左手はないが、腕は逞しく丸太のようだった。ギン太がぐったりとしているのは、大猿にやられたのだろう。

（うしろにいよう……）

と、後退ろうとしたとき、攫猿がこっちを見た。見ただけではない。

「女」

なんと話しかけて来た。続く台詞は恐ろしいものだった。

「おまえも、おれの子を産むがいい。いい女だ。おれの嫁にしてやろう」

願いを叶えてもらっていないのに、この台詞である。大猿に見初められてしまったようだ。攫猿が近づいて来た。あまりの展開に、みやびは凍り付いた。

「に……逃げろっ！」

秀次に言われた。分かっているが、足が動かない。〝白狐〟に襲われたときよりも、ずっと怖かった。九一郎に会うまで普通の生活をしていた女子には、この状況は激しすぎる。

「他の女どもと一緒に、連れて行ってやろう」

毛むくじゃらの手が伸びてきた。

このとき、助けが入らなければ、攫猿の嫁になっていただろう。気を失いそうなみやびの前に、丸い影が躍り出た。

「どれ、わしが助けてやるとするかのう」

それは、ニャンコ丸であった。


ニャンコ丸の言うことを信じるなら、こいつは唐土の仙猫であるらしい。だが、みやびは信じていなかった。

（嘘ばっかり）

こんな間抜け顔の神仙はいないだろう。食い意地の張った猫又もしくは化け猫の類だと思っている。なすすべもなく熊五郎に蹴り飛ばされたこともあった。猫又やら化け猫だとしても、かなり弱い妖怪だ。

それなのに、なぜかニャンコ丸は自信たっぷりだった。

「これ、攫猿。それくらいにしておけ。まだ暴れるつもりなら、わしが相手だ」

「む……」

攫猿が、ニャンコ丸を見た。大きさも違いすぎる。子どもと大人どころか、赤ん坊と巨人だ。一瞬で捻《ひね》り潰されそうだった。

いつもなら、馬鹿な真似をしてと呆れるところだが、この状況はやばすぎる。

「ニャンコ丸が殺されちゃう」

思わず声が出た。九一郎に助けを求めようとしたが、それより先に攫猿が口を開いた。

「ま……まさか……。あなたさまは、マ……猫大人?」

声が掠れている上に、敬語だった。

「そうだ」

ニャンコ丸が、さらに胸を張った。鞠が威張っているような間抜けな姿である。

今にもひっくり返りそうだ。

「や……やはり……。失礼いたしました」

攫猿が担いでいた女二人を足元に下ろし、ブサイク猫に向き直るようにして膝を突いたのだった。凶暴な大猿が、ブサイク猫に平伏《ひれふ》している。

「何、これ……」

　意外すぎる展開だった。みやびが呆気に取られていると、九一郎が謎解きするように言った。

「猫大人は、唐土の神仙でござるからな。あやかしである玃猿より格上なのでござるよ」

「そ……そうだったんだ」

　それらしきことを聞いた気がするが、ずっと嘘だと思っていた。ただのブサイクで、食べるしか取り柄のない駄猫だと決め付けていた。

　驚くみやびを尻目に、玃猿とニャンコ丸が会話を進める。

「この国におられるとは……」

「食い物が旨いからのう」

　やっぱりと言うべきか、適当な理由であった。食い意地が張っているという評価は間違っていなかった。

　ニャンコ丸は偉そうに説教を続ける。

「女をさらうのは感心せぬのう」

「……も、申し訳ございません」

「女を置いて唐土に帰るがよい」

「……は」

「左の手と千両箱も忘れるでないぞ」

「……は」

攫猿は逆らわなかった。完全に畏《かしこ》まっている。

「仰せの通りにいたします。お手を煩わせました」

「うむ。気をつけて帰るがよい」

殿さま口調でニャンコ丸が言うと、攫猿が立ち上がった。おとなしく唐土に帰るようだ。

「一件落着でござるな」

九一郎が言った。みやびと九一郎の出番はなく、ニャンコ丸が解決してしまった。被害は、ギン太がぶっ飛ばされただけである。

「うん。とりあえず、よかった」

みやびは相槌を打った。だが、まだ事件は終わっていなかった。突然、熊五郎が声を上げた。

「え……榎田さま――」

榎田が、鉄砲を構えていた。

鉄砲が伝えられたのは、天文十二年（一五四三）のことだ。種子島に伝えられ、それ以来、合戦が一変したと言われている。織田信長の鉄砲隊は、江戸の今でも語り草になっている。連射は利かないが、その殺傷力は折り紙付きだ。

その鉄砲を、榎田が構えていた。火薬のにおいがする。

「千両も猿の手も渡さぬ」

榎田が低い声で言った。目が据わっている。本気で撃つつもりでいると分かった。

鉄砲を向けている先は攫猿だが、大猿のそばには、女二人がいた。鉄砲は命中率が低い。名人でも外すことが多かった。ましてや榎田は普通の状態ではない。

「やめてくだせえっ！」

熊五郎が榎田に駆け寄ろうとする。鉄砲の弾《たま》が、自分の女房に当たることを恐れたのだ。

しかし、榎田は欲に駆られ、頭に血が上っている。銃口を熊五郎に向けた。

「下郎の分際で邪魔をするなっ！」

かん高い声で怒鳴りつけ、引き金を引こうとした——そのとき。

九一郎が印を結び、光明真言を唱えた。

オン・アボキャ・ベイロシャノウ
マカボダラ・マニ・ハンドマ
ジンバラ・ハラバリタヤ・ウン

その瞬間、九一郎の額に角が生えたように見えたが、すぐに消えた。みやびの錯覚、光の加減でそう見えただけのようだ。

九一郎の結ぶ印から、火の玉が現れた。

球状になった火のかたまりを「火の玉」と呼ぶが、現れたものはただの火の玉ではなかった。

ニャンコ丸が、それに気づいた。

「鬼が出てきたのう」

比喩ではない。榎田家の庭の端に苔の生した石灯籠があるが、その上に鬼が座っていた。

火の玉に見えたのは、その鬼の吐く炎だった。しきりに火のかたまりを口から飛ばしている。

「よ……妖怪？」

「古籠火《ころうか》だのう」

仙猫が、現れた妖怪の名前を呟いた。ちなみに、鳥山石燕《とりやませきえん》の『百器徒然袋《ひゃっきつれづれぶくろ》』には、こう説明されている。

古戦場には汗血《かんけつ》のこりて鬼火となり、あやしきかたちをあらはすよしを聞《きき》はべれども、いまだ燈籠の火の怪をなすことをきかずと、夢の中におもひぬ。

火の玉の正体は、鬼火であった。

青色を「人魂《ひとだま》」、暗紅色を「貉火《むじなび》」、淡紅色を「狐火《きつねび》」とする説もあるが、目の前に現れた怪火は真っ赤に燃えている。鬼の吐く真っ赤な炎だから、「鬼火」だ。

「次から次へと現れおって……。こ、この化け物どもめっ！」

榎田が古籠火に鉄砲を向けた。撃つつもりだ。

銃口を向けられても、石灯籠に座る鬼はそっちを見ようともしない。

「九一郎さま、ご命令を」

と、美貌の拝み屋に問いかけた。

「鉄砲を消せ」

九一郎が命じた。いつもの優しい口振りではなかった。侍言葉も遣わない。そんな九一郎の声を聞いて、みやびは怖くなった。自分の知らない九一郎がいる。そう思ったのだ。

「御意」

古籠火が返事をしたが、動き出したのは榎田のほうが早かった。

「殺してやるっ！」

鉄砲の引き金を引いた。とたんに、パンと音が弾けた。撃ってしまったのだ。鉛の玉が、古籠火に襲いかかった。だが、弾丸は届かない。空中でどろりと溶けた。

ほんの一瞬のことのはずだが、みやびには、はっきりと見えた。古籠火が炎を吐き、鉄砲の玉を溶かしたところを。

「——何だとっ!?」

榎田が目を剝いた。この男にも、鉛玉が溶けるところが見えたのだ。

古籠火が、せせら笑う。

「そんなもので、この古籠火さまを殺せると思ったのか」

そして、新たに炎を吐いた。その炎は、蛇のように銃身に絡み付き、鉄砲全体が真っ赤になった。

「あ……熱いっ！」

榎田が悲鳴を上げて、鉄砲を放り投げた。地面に落ちた瞬間、弾丸と同じように、どろりと溶けた。弾丸も鉄砲も、使いものにならなくなった。

「ひ……ひぃ……」

榎田が腰を抜かしたように座り込んだ。古籠火はその様子を一瞥し、「ふん」と鼻で笑ってから、九一郎に問うた。

「他にございますか」

榎田を相手にしていたときとは打って変わって、静かで従順な話し方だった。

「大丈夫でござるよ。助かったでござる」

九一郎の口振りも穏やかなものに戻っている。

「では、これで」

古籠火が頭を下げ、大きな火の玉となり、どこかへと飛び去った。

「九一郎のくせに偉そうだのう」

ニャンコ丸が呟き、それこそ偉そうに大猿に言った。

「攫猿。おぬしも帰るがよい」

「……は」

猿の手と千両箱を持って、榎田の敷地から出て行った。


こうして攫猿はいなくなったが、騒ぎの元凶とも言える榎田が残っていた。

「ひ、秀次！　熊五郎！　追えっ！　あの猿を追えっ！　猿の手と千両箱を取り返して来いっ！」

腰を抜かしたまま、二人に命じた。鉄砲を溶かされてもなお、富を諦めていない。どこまでも欲の皮の突っぱった男だ。

秀次も熊五郎も動かない。追いかけたところで追いつけるわけがないし、猿の手も千両箱も攫猿のものと思っているのだろう。

「お上の命令が聞けぬのかっ！」

榎田が殺し文句を口にした。

猿の手と千両箱を奪うのは、町奉行所の仕事ではない。だが、秀次と熊五郎は雇われの身だ。逆らうことのできる立場ではなかった。

「早く行けっ！」

榎田が権高に言うと、秀次と熊五郎が歩きかけたが、それを止める声が上がった。

「従う必要はござらぬ」

九一郎だった。ござる言葉に戻っていたが、目付きは鋭く榎田を見据えている。

優しい男が、別人のような厳しい顔をしていた。

いつものように、九一郎は着流しを着ている。服装だけ見れば、ただの浪人だ。

「下郎がたいそうな口を叩きおる」

榎田が立ち上がり、九一郎に因縁をつけ始めた。

「誰だ、きさまは？」

「流浪の拝み屋でござる」

「拝み屋だと？　ふざけおって……。名乗れっ!!　名乗らぬかっ!!」

「名乗るほどの者ではござらぬが」

そう前置きし、九一郎は帯にぶら下げている印籠を手に取って榎田に見せた。そこには、火の玉に似せた紋が施されていた。

「神名九一郎。徳川のご家臣であれば、鬼火紋はご存じでござろう」

その瞬間、榎田の顔色が変わった。血の気が引いていた。

「鬼火紋？　か……神名？　……ま、まさか徳川家ゆかりの……？」

「ゆかりというほどではござらぬ。先祖が、家康公に仕えていただけでござる」

こともなげに言ったが、徳川家康は江戸の人間――取り分け武士にとっては神そのものだ。

その家康に仕えていたということは、神名家が格別の家柄である証拠だった。町奉行所の同心の勝てる相手ではない。下っ端役人にとっては、攫猿よりも恐ろしい相手と言える。

「し……失礼いたしました」

姿勢を正し、額を地面にこすりつけるようにして平伏した。さっきまでとは別人だ。すっかり震え上がっている。

そんな榎田に、九一郎は言った。

「秀次親分と熊五郎どのに文句があるのなら、拙者が相手つかまつるでござる」

「いえ、ございませんっ！」

榎田は、顔を上げることさえしなかった。

†

その数日後、九一郎は出かけた。毎日のように散歩に出ているので、みやびとニャンコ丸は、どこへ行くのか聞かずに見送ってくれた。

「いってらっしゃい」

「土産を頼む。桜もちでよいぞ」

十万坪のこのあたりは人も住まぬ寂しい場所だが、みやびはすっかり馴染んでいた。九一郎も、また、みやびのいる暮らしに慣れた。

誰かと暮らす日が来るとは思っていなかった。賑やかで楽しい気持ちになった。笑顔が溢れてくる毎日だった。

(ずっと一緒に暮らしていたい)

独りぼっちの生活に戻りたくないと思った。だが、九一郎はこの暮らしが長く続かないことを知っていた。いや、

(長く続けてはならない)

九一郎の脳裏には、みやびによく似た妹の顔があった。鬼に殺されてしまった妹。

「拙者、流浪の拝み屋でござる」

意味もなく呟いた声は、誰にも届かなかった。九一郎の額には、鬼の角が浮かびかけていた。

その角を隠して、九一郎は歩き続けた。

歩いているうちに、大川沿いの道に出た。

六十八間余の大川には、いくつもの舟が出ている。対岸に見える寺島村《てらじまむら》には堤が横たわり、桃、桜、柳の三樹が植えられていた。春先になると、景観を楽しむことができる。江戸の町でも指折りの美しい土地だ。

だが、九一郎の行く先は寺島村ではなかった。大川を渡らず、桜の植えられている川岸を歩いた。桜の蕾が綻び始めていた。もう少しすれば花見客で溢れるだろうが、今は誰もいない。

いや、いた。

大川を背にして、一人の男が立っていた。九一郎が呼び出したのだ。銀狐が、その男の懐から顔を出している。狐の親分——秀次だ。

九一郎は、声をかけた。

「親分、呼び出してすまなかったでござる」

秀次に会うために、ここまでやって来たのだった。この男に、どうしても言っておきたいことがあった。

このいなせな岡っ引きは、みやびに惚れている。

みやびは気づいていないようだが、誰の目から見ても明らかだった。秀次は、いい男だ。見かけだけでなく、まっすぐで信用できる人間だ。深川一の岡っ引きであると同時に、一流の組紐職人であった。

岡っ引きとしての腕もいい。事件を解決するだけでなく、被害に遭った人々のその後にも目を配っていた。松吉の奉公する蕎麦屋にも、三日と置かず顔を出しているという。

ちなみに、松吉は元気に働いている。病弱のおふさを支えながら母子二人で幸せそうに暮らしていた。

「榎田さまも、うるさく言わねえでしょう」

借金も待ってもらえるようだ。九一郎も、おふさのために医者を紹介するつもりでいた。

おふさと松吉の話が一段落し、秀次が本題に入る口調になった。

「面倒な事件が起こりましたか」

再び、妖怪絡みの事件が起こったと思ったのだろう。

だが、違う。そうではない。

(今度は、拙者が事件を起こすのでござるよ)

九一郎はそう思った。しかし、そのことは言わなかった。まだ正体は言えない。

伝えたい言葉は他にあった。

「拙者がいなくなることがあったら、みやびどのを頼むでござる」

みやびには、幸せになって欲しかった。自分のいなくなった世界でも、賑やかに暮らして欲しいと願った。それだけが、九一郎の願いだった。

第三話　鬼の相が出ています

臨・兵・闘・者・皆・陣・列・在・前

印を結びながら、みやびは九字の呪《じゅ》を唱えた。必死に九一郎の真似をしていた。

みやびとニャンコ丸は、廃神社の庭先にいる。目の前には、『早乙女無刀流道場』と『よろずあやかしごと相談つかまつり候』の看板があった。

このわずか一月足らずの間に、あやかし絡みの事件に二度も巻き込まれている。

「商売繁盛だのう」

ニャンコ丸が感心している。九一郎がお金を取ったのかは知らないが、剣術道場より客が来るのは確かだ。

だが、みやびは何の役にも立たなかった。事件を解決したのは九一郎だ。ニャンコ丸でさえ攫猿を追い払ったのに、みやびは何もしていない。助けてもらうばかりだった。

しかも、九一郎は名家の出だった。将軍家の拝み屋だ。そんな男に飯を作らせていたのだ。

　九一郎は出自について何も言わない。聞いて欲しくなさそうだったので、みやびも黙っている。どんな家で育ったのか聞いてみたいところだが、問題はそこではなかった。

「お荷物というやつだな」

　ニャンコ丸に言われた。みやびは、どきりとした。気にしていることだった。

「……もしかして、九一郎さまの足手まといになってる？」

「うむ。聞くまでもない。誰の目にも明らかだのう」

　断言であった。一銭も払わず廃神社に世話になっている上に、足手まといでは話にならない。

　みやびは、拝み屋の仕事を手伝いたかった。だが、本物の妖怪が出て来ては手に負えない。

　おのれの無力さに打ちひしがれていると、ニャンコ丸が言ってきた。

「無力ではあるまい」

「え？」

「わしが一緒にいるくらいだ。唐土の大仙猫・猫大人さまに選ばれたと言えぬこともない」

「……だから?」

「術の一つや二つ使えるのではないかのう」

「なるほど」

ニャンコ丸が偉いかどうかはともかく、人間の言葉をしゃべる猫と暮らしているのだ。普通の娘ではないのかもしれない。

「真言を唱えてみろ」

「う……うん」

こうして、その気になって九一郎の真似をしてみることになった。失敗しても、何の損もない。

オン・アボキャ・ベイロシャノウ
マカボダラ・マニ・ハンドマ
ジンバラ・ハラバリタヤ・ウン

光明真言を唱えた。とりあえず間違えずに言えた。しかし。

「……何も現れぬな」

足元で一部始終を見ていたニャンコ丸が指摘した。

「うん」

妖怪どころか、猫一匹現れない。

（やっぱりね）

そう思わなくもなかったが、

「……もう一度やるから」

諦めたら終わりだ。武士の娘としての矜持もあった。これは修行だ。努力もせず、九一郎の足手まといになりたくなかった。

みやびは、再び九字を唱えた。

臨・兵・闘・者・皆・陣・列・在・前

その一度だけでなく、十回二十回三十回と繰り返した。光明真言もちゃんと唱えた。たぶん間違えなかったと思う。

でも何も起こらなかった。

虫一匹、現れない。

廃神社は静まり返っている。

みやびが天を仰いでいると、ニャンコ丸が言ってきた。

「………………」

「そろそろ晩飯の時間だのう」

唆したくせに、もう飽きている。まあ、それも無理のない話で、いつの間にやら日が沈みかけていた。ちなみに夕食も九一郎が作ってくれる。「将軍家の拝み屋」であることが分かっても、九一郎は変わらなかった。ずっと優しいままだ。

態度を改めかけたみやびに、九一郎は言った。

「今まで通り接して欲しいでござる」

その言葉に甘えている。ニャンコ丸に至っては、前より図々しいくらいだ。

「また、たまご飯を食いたいのう」

食い意地の張ったブサイク猫が、何やら言っている。注意してやりたいところだが、思わず醬油を垂らした、たまご飯を想像してしまった。

熱々のご飯に半熟たまご。腹の虫が鳴きそうになったが、成果のないままやめるのも躊躇われた。何もできない女と、九一郎に思われたくなかった。

「とっくに思われているのう」

まあ、そうかもしれないが、何もできない自分を変えたかった。

両親が死に、家が燃えてしまった。今は九一郎の世話になっているが、いずれ自分一人の力で生きていかなければならない。

「じゃあ、あと一回だけ」

みやびは、何度目かの印を結んだ。思いを両手に込めた。九一郎の力になりたいと願った。

願いは通じるものなのかもしれない。結んだ印が光った。ぼんやりとした光だが、何かが起ころうとしている。何かが現れようとしていた。

「ど……どうしよ？」

「早く九字を唱えろ」

「……うん」

臨・兵・闘・者・皆・陣・列・在・前

その呪文を唱えた刹那、印から光の玉が飛び出し、宙に浮かんだ。大きな卵のように見える。

「あやかしを召喚できたようだな」

ニャンコ丸の言葉が合図だったかのように、ぷかぷかと浮かんでいる光の卵が割れた。

孵化《ふか》したみたいだったが、現れたのは鶏ではない。四つ足の動物、モフモフした獣だ。

「狸……？」

「うむ。狸だ」

なんと現れたのは、狸だった。みやびの膝丈ほどの仔狸が現れた。

「こんなの、呼んでないけど……」

抗議をしても、仔狸は消えない。それどころか、派手に動き出した。

空中でくるりと宙返りをして、朱色の唐傘《からかさ》をぱらりんと広げた。たんぽぽの綿毛のように、ふわふわ、ふわふわと降りてきた。

絵草子に出てくる分福茶釜《ぶんぶくちゃがま》のように可愛らしい顔をしているが、もちろん普通の狸ではあるまい。狸は傘を差さないし、二本足で歩きもしないだろう。光の卵から生まれても来ない。

「傘差し狸だな」

ニャンコ丸が言った。見た通り、そのまんまの名前である。この仔狸は、妖怪であった。

傘差し狸は、化け狸の一種だ。傘を差した人間に化けて、通行人を騙すと言われている。

「迷子にさせるのだ」

迷惑な能力を持っている狸だ。まあ、人を喰らう妖怪に比べれば可愛いものだが。

ちなみに狸は、狐と並んで、化ける、化かす、人に憑くといった能力を持つものとされており、平安時代に書かれた『日本霊異記《にほんれいいき》』や鎌倉時代の『宇治拾遺物語《うじしゅういものがたり》』にも、怪しげな狸の話が取り上げられている。

その狸を呼び出してしまった。

「おぬしの召喚した化け狸だ。式神として使うがいい」

ニャンコ丸は言うが、可愛いだけで役に立ちそうになかった。戦闘力も低そうで、九一郎の召喚した紙人形や古籠火とは、何かが違っている。

(帰ってもらおうか……)

そう思っていると、傘差し狸が話しかけてきた。

「おいらの傘に入らない？」

子どもの声だったが、まるで逢い引きに誘われているようだった。朱色の唐傘をみやびに向けて軽く差し出している。

「遠慮しておく」と、みやびは答えた。

「遠慮するでない。お似合いだ。狸の夫婦に見えるぞ」と、ニャンコ丸が言った。

みやびは、ブサイク猫の頭をぱしんと叩いた。


帰ってもらおうと思ったのに、ブサイク猫のニャンコ丸が傘差し狸を廃神社に上げてしまった。

「遠慮は無用だ。わしの子分のねぐらでな」

子分というのは、九一郎のことだろう。そして、みやびに断りもせず、九一郎に紹介したのだった。

「こやつは、ぽん太だ。みやびの式神だが、まだ半人前でのう。わしの弟子にしてやった。今日から、ここで暮らす。頼むぞ、九一郎。おぬしの弟弟子《おとうとでし》だ」

いつの間にか、名前まで付けている。ずいぶんと可愛らしい名前だ。

突っ込みどころの多いニャンコ丸の台詞に、九一郎が聞き返した。

「みやびどのの式神でござるか？」

「うむ。わしの指導で召喚できるようになった」

まるっきりの嘘でもないところが腹立たしい。

「ねえ、おいらの傘に入らない？」

傘差し狸のぽん太が、九一郎を誘った。家の中で傘を差してはならない。行儀の悪い狸であった。

九一郎はそれを叱りもせず、優しく微笑んだ。

「賢そうな狸どのでござるな」

「みやびの百倍は賢い」

打てば響くように、ニャンコ丸が応えた。両国の見世物小屋に売るべきときが来ているのかもしれない。

「ここに置いてやってもよいかのう？」

「もちろんでござるよ」

みやびが口を挟む前に、話がまとまった。猫だけでも手いっぱいなのに、狸が加わってしまった。足手まといが増えた気しかしなかった。

「江戸で一番の足手まといが何を言っておる？」

「……勝手に心を読まないで」

抗議をしたときだ。

「いるかい？」

と、野太い男の声が聞こえた。

誰の声かは、すぐに分かった。ニャンコ丸も同様だったらしく、声の主の名前を言った。

「熊五郎だな」

「うん……」

間違いない。高利貸しの手先が、廃神社までやって来たのだ。

「おいらの傘に入るかなあ？」

ぽん太が、首を傾げた。


全員で玄関に行くと、やっぱり熊五郎がいた。

みやびや九一郎が声をかけるより先に、

「こんな時間にすまねえ」

と、礼儀正しく頭を下げたが、相変わらず人相が悪い。髭が濃くなったような気がする。

「ここまで取り立てに来るとは、仕事熱心よのう」

「偉いね」

ニャンコ丸とぽん太が感心しているが、そんな仕事熱心は迷惑だ。

「ば……化け物が増えてる……」

熊五郎が仔狸を見て驚くが、相手にするつもりはなかった。そこまで心は広くない。

「返すお金なんてないから。だいたい借りてないし」

みやびは釘を刺した。自慢じゃないが、一文なしである。本当に借りたか分からないお金など返すつもりはなかった。

「そういうわけだから帰って」

「いや、そうじゃねえ。高利貸しの手先はもう辞めた」

言い訳するような早口だったが、嘘をついている口振りではなかった。

「じゃあ、何？」

「今日は相談したいことがあって来たんだ」

「相談？」

「『よろずあやかしごと相談つかまつり候』って看板を出してるよな」

みやびや九一郎が応えるより先に、ブサイク猫と仔狸が反応した。

「うむ。聞いてやろう。話してみるがよい」

「おいらの傘に入って話すといいよ」

ニャンコ丸は偉そうだし、ぽん太はそればっかりだ。よほど人間を迷子にしたいらしい。

熊五郎は、猫と狸を相手にしなかった。

「力になってもらえませんか」

九一郎に頭を下げた。こんなとき、九一郎は絶対に嫌な顔をしない。

「相談に乗るのが、拝み屋の仕事でござる。何があったのか話してくだされ」

穏やかな声だった。熊五郎が、ほっとしたように息を吐き、「実は」と事情を話し始めた。

†

攫猿の一件があった後、熊五郎は高利貸しの手先を辞めることにした。榎田は、お里を見殺しにしようとした。そんな男の下では働けない。

収入が減ったが、思いがけぬところから声がかかった。秀次である。

「おれの下で働かないか」

「親分の下？」

「ああ。お役目の手伝いをやってみねえか」

下っ引きに雇ってくれるということらしい。岡っ引きは嫌われることの多いお役目だが、秀次は町人たちに慕われている。嫌われ者の榎田とは雲泥の差だ。

「少ねえが、ちゃんと手当ても出すぜ」

そう言いながら秀次が口にした手当ては、榎田がくれる金額と変わらなかった。下っ引きのもらう給金ではない。

「そんなにもらっちゃあ……」

と、遠慮する熊五郎に、秀次はこう返した。

「その代わり、おめえの店に組紐を置いてくれ。その代金も含めてのもんだ」

「し……しかし、親分」

それにしたって、金額が多すぎる。店に組紐を置くだけで、熊五郎が何かをするわけではないのだから。

そもそも秀次の作った組紐は引く手あまたで、店先に置いたら、むしろ客寄せになるだろう。

「おめえにやるんじゃねえ。この金は、おめえの家族にやるんだよ」

その言葉が胸に沁みた。目頭が熱くなった。攫猿事件のときも、秀次は熊五郎の女房を助けようとしてくれた。目頭が熱くなった。こらえようもなく涙が溢れてきた。

「お……親分……」

「でけえ図体して、めそめそするんじゃねえ。おめえが泣いたって可愛くねえぞ。さっさと働きやがれ」

秀次は面倒くさそうに言って、行ってしまった。

†

「秀次親分は、いい男でござるな」

九一郎が言うと、ニャンコ丸が合いの手を入れた。

「うむ。あやつの欠点は、女の趣味が悪いことくらいだのう」

意外な台詞である。

(女の趣味?)

ニャンコ丸は、そんなことまで知っているのか。まあ、こいつのことだから知ったかぶりをしているだけだろう。

そう思うみやびを尻目に、熊五郎の話は続く。

†

(こうして暮らしていられるのは、おっかあのおかげだ)

熊五郎は、自分を育ててくれた母のことを思った。母と呼んでいるが、おくにとは血が繋がっていない。

江戸の町には、たくさんの捨て子がいた。子どもを育てられず捨てる親が後を絶たないが、熊五郎もそんな捨て子の一人だった。

立ち上がることもできない赤ん坊のうちに捨てられた。おくにに拾われなければ、野垂れ死ぬか、野良犬の餌になっていただろう。

文字通りの命の恩人だが、おくには恩に着せない。

「わたしみたいな年寄りと一緒に暮らさなくてもいいんだよ」

お里と一緒になると決めたとき、おくにはそんなふうに言った。自分を養う必要はないと言うのだ。

「おまえたち夫婦の邪魔はしたくないからね」

出て行くつもりでいたようだ。捨て子が珍しくないように、年寄りを捨てる輩もいた。口が一つ減れば、生活が楽になる。姥捨ては、昔話ではなかった。

「邪魔なわけねえだろ」

熊五郎は言い返した。本音だった。血が繋がってなかろうと、親を捨てるつもりはない。母のことが大好きだった。

おくには元気だが、髪は真っ白で腰が曲がっている。その曲がった腰で、熊五郎を育ててくれたのだ。

「一緒に暮らしてやってください」

お里も、おくにを引き留めた。出て行くなら結婚をやめるとまで言った。おとなしいが、情のある女房だった。そのことは、おくにも認めている。

「お里さんは、本当によくできた人だねえ」

ことあるごとに言った。嫁姑の問題は起こりそうになかった。

こうして、母と熊五郎、お里の三人は暮らし始めた。もう何ヶ月後かには、四人家族になるはずだ。

そんな幸せな暮らしに影を落とす出来事があった。その出来事には、一人の僧侶が絡んでいた。

江戸の町では、僧侶を見かけることが多い。仏教の修行をしたわけでもない、僧形をしただけの町人や浪人もいた。願人《がんにん》坊主がいい例だが、市中を歩き回って米銭を稼ぐのだ。

熊五郎の家は、大福屋をやっている。屋台に毛が生えた程度の、吹けば飛ぶような小さな店だ。わら葺き屋根の、百姓家のようにも見える建物で商売をしていた。

ある日の昼下がりのことだ。年老いた僧侶が、店の前を通りかかった。そのとき、熊五郎は下っ引きとして町に出ており、お里は奥で身体を休めていた。

おくには、一人で店番をしていた。家族でやっている小さな店では、年寄りが一人で店番をするのは珍しいことではなかった。

年老いてはいるが、おくには耄碌《もうろく》していない。そこらの若者より元気だし、熊五郎がびっくりするくらい目もよかった。店先から、道を歩く老僧に気づいた。

（ずいぶん苦労なさっておられる）

小袖に丸ぐけの帯を締め、首に袈裟をかけているが、ボロボロに傷んでいた。一目で、食うに困っていると分かる身なりをしていた。

その老僧が、店に近づいてきた。そして、おくにに話しかけたのであった。

「水を一杯、もらえぬか」

しわがれてはいるが、はっきりと聞き取れる声だった。このとき、大福屋に客はいなかった。

「お待ちくださいな」

おくには応えた。物乞いを嫌う商人もいるが、おくには、できる範囲で施すことにしていた。自分はともかく、家族がいつ困った生活に追いやられるか分からないからだ。

人の世は儚く、一寸先は闇だ。

情けは人のためならず。

積善の家には必ず余慶あり。

善行を重ねることが闇を照らす光になると信じていた。いずれ自分はいなくなる身だが、息子たち家族の行く末が幸せであることを願っていた。

だから、このときも水ではなく、お茶と大福を出した。少しでも老僧の腹を満たしてやろうと思ったのだ。

「どうぞ、お召し上がりください」

おくには盆を差し出し、丁寧に頭を下げた。本物でなかろうと、僧侶には敬意を払うものだと聞いていた。

「……すまぬ」

旅の僧侶は合掌し、大福を食べ始めた。よほど腹が減っていたのだろう。貪るように食べた。

瞬く間に皿を空にし、ぬるくなったお茶を啜ってから、おくにに頭を下げた。

「馳走になった」

品のある所作だった。いんちき坊主ではなく、きちんと修業を積んだ僧侶なのかもしれない。

「もう一つ、お持ちしましょうか？」

「いや、十分だ。これ以上、旨いものを食っては坊主ができなくなる」

真面目な顔で言った。そこまではよかった。問題は、次の一言だった。

「そなた、鬼の相が出ているぞ」

†

「おっかあときたら、物乞い坊主の言うことを、すっかり真に受けちまってな」

九一郎の暮らす廃神社で、熊五郎が苦々しげに言った。

「年寄りは信心深いからのう」

「うん」

猫と狸が頷き合っている。年寄りでなくとも、「鬼の相が出ている」と僧侶に言われれば気にする。鬼は忌み嫌われている。

「飯も、ろくに食わなくなっちまったんだ」

熊五郎が太い息を漏らした。

「食べなきゃ駄目よ」

みやびは言った。食べなければ、身体が弱ってしまう。年寄りが気落ちすることは、命取りになりかねない。

「坊主を退治すればよいのだな。よし。わしが、この世から消してやろう」

ニャンコ丸が先走ると、熊五郎が慌てた。

「やめてくれっ！　祟られちまうっ！」

坊主殺せば七代祟るという言葉があるくらいだ。そうでなくとも、この世から消すのはやりすぎだ。

「じゃあ、おいらの傘に入れる？」

ぽん太が聞いたが、意味が分からない。

「傘に入れてどうするのか分からねえけど、それもやらなくていい」

熊五郎が答えると、ニャンコ丸が苛立った。

「ならば、どうせよと言うのだ？」

「偉い拝み屋さまに『鬼の相なんて嘘だ』と言ってもらえれば、おっかあの気も晴れるんじゃねえかと思ってな」

いんちき僧侶に脅かされた母親を慰めてくれ、というのだ。

「つまらぬな」

ニャンコ丸は言った。確かに、あやかし絡みの事件でさえない。九一郎が引き受ける必要のある事件とは思えなかった。だが、九一郎は引き受けた。

「承知したでござる」

「そうか。引き受けてくれるか。早速だが、今から来てくれ。頼む。この通りだ」

よほど母のことが心配らしく、九一郎を引っ張って行こうとする。

「善は急げでござるな」

と、九一郎が立ち上がった。おくにに同情しているのだろう。

「私も行く」

みやびは言った。今回の依頼なら力になれると思ったのだ。

しかし、九一郎が眉をひそめた。

「もう暗くなるでござる。危ないでござろう」

このところの江戸の町は物騒だった。暗くなると、よからぬ輩が出没していた。熊五郎を襲う物好きがいるとは思えないが、油断はできない。ふざけ半分に人を殺す辻斬りもいるという。

「仕方ない。わしとぽん太が一緒に行ってやろう」

「うん」

「そうしてもらえると安心でござる」

九一郎は、ニャンコ丸とぽん太を買っているようだ。結局、全員で行くことになった。

廃神社の外に出ると、夜の帳《とばり》が降りかかっていた。半刻も経たないうちに、真っ暗になりそうだ。

町中へ向かう道では、梅が白い花を咲かせている。かすかに、その花のにおいがした。梅の花が好きなのか、九一郎が見ていた。

一方、ニャンコ丸はぽん太を相手に文句を言っている。

「歩くのは面倒だ。駕籠《かご》を呼んでほしいのう」

「おいらの傘に入る？」

「おぬしの傘に入っても、迷子になるだけではないのか？」

「うん」

駕籠を呼ぶなんて贅沢だし、猫や狸は乗せてはもらえないだろう。ついでに言えば、ニャンコ丸が迷子になっても構わない。

「迷子を甘く見ておるな」

ブサイク猫に抗議されたが、みやびは無視して歩いた。迷子の話など聞きたくなかったし、相手にしても面倒くさいだけだと知っていたからだ。

しばらく歩くと、熊五郎の大福屋に着いた。

「小さい店だのう」

ニャンコ丸が無礼なことを言った。まあ、確かに、松吉の奉公している蕎麦屋のうめ家より一回り小さい。

そして、十万坪そばの廃神社ほどではないが、やはり町場から離れている。ただ、川のそばにあるので、昼間はそれなりに人通りがあるのかもしれない。船着き場も見えた。

店はもう閉まっていたが、入り口に鍵はかかっておらず、熊五郎が戸を引いた。

「拝み屋の先生を連れて来たぜ」

声をかけると、すぐに返事があった。

「その節は、お世話になりました」

女房のお里だった。攫猿の事件のときは気を失っていて話せなかったが、彼女の顔はおぼえていた。

お里は小柄な女で熊五郎と並ぶと、いっそう小さく見える。二十歳をすぎているようだが、顔も仕草も可愛らしい。

「わしが助けてやった女だ」

ニャンコ丸は威張るが、猫の声はお里に届かない。届かなくて幸いである。お里は、九一郎に頭を下げた。

「よろしくお願いします」

それから大福を出してくれた。

「商売物ですが、お召し上がりください」

大福の歴史は古い。寛永年間（一六二四から四四年）からあった鶉餅《うずらもち》を改良したものだとも言われている。鶉餅を焼いたり焼印を押したりしたものは、「腹太餅《はらぶと》」とも呼ばれ、皮が薄く、塩餡《しおあん》を入れて焼鍋でこげ目をつけて焼いたものだ。

その塩餡の代わりに砂糖で味付けした餡を入れたところ、「大福餅」と呼ばれるようになり、江戸中に広まったとも言われている。

お里の出してくれた大福は、鉄板で両面を焼いてあった。餅と餡が熱せられて、こんがりとした甘いにおいが鼻に届いた。腹の虫が鳴きそうだった。見るからに美味しそうだ。

「何も食ってねえんだろ？　腹ごしらえしてくんなせえ」

熊五郎が言ってきた。みやびと九一郎だけでなく、ニャンコ丸とぽん太の分まである。大振りの大福が、皿に四つ載っていた。

「口に合うか分からねえけど」

心配そうに熊五郎は続けた。九一郎はともかく、みやびは生まれたときから庶民の暮らしをしており、大福は大好物だった。

「口に合わなければ、わしが食べてやろう」

食い意地の張ったブサイク猫が、みやびの大福に顔を近づけた。本気で食べるつもりだ。

「おいらも食べてあげるよ」

ぽん太までが近づいてきた。猫と狸に熱々の大福が狙われている。とんでもない連中だ。

「冗談は顔だけにして」

みやびは釘を刺し、自分の大福を手に取り、取られる前に口に運んだ。はしたないとも思わず、大口を開けて食べたのであった。

「はふぅ……」

思わず声が出た。皮はパリパリと香ばしく、餡は熱かった。餅はほのかに甘く、小豆はしっかりと甘い。

「……美味ひい」

はふはふと口の中で大福を転がしながら、みやびは言った。甘さが口いっぱいに広がっている。

「なかなかのものでござるな」

「うむ。贔屓《ひいき》にしてやろう」

「うん」

九一郎たちも満足げだ。その様子を見て、熊五郎が聞いてきた。

「もう一つ、食うかい」

「はいっ！　……むぐっ！」

みやびは、真っ先に答えた。ただ、食べながら慌てて返事をしたせいで、大福が喉に閊《つか》えてしまった。

「これをお飲みください」

と、お里がお茶をくれた。

「は……はひ……」

ありがたく受け取り、目を白黒させながらお茶を飲んだ。喉を詰まらせる客は珍しくないのだろう。飲みごろのぬるいお茶だった。

（助かった……）

もう少しで、大福を喉に詰まらせて死ぬところだった。お茶をもう一口飲むと、人心地がついた。お茶を味わう余裕ができた。

「これも美味しい……」

ぬる目の少し渋いお茶が、大福の甘さを洗い流していく。こってりとした甘さの大福によく合っていた。高いお茶ではあるまいが、淹れ加減が絶妙だった。

（……おかしい）

みやびは、疑問に思った。

「こんなに美味しいのに、どうして流行ってないの？」

熊五郎に聞いてみた。売れ残りと思われる大福が山のようにあったし、店が儲かっていれば高利貸しの手先になどならないだろう。

確かに、大福は一個四文で売られていることが多く、そんなに儲かる商売ではないが、庶民のおやつの定番だ。老若男女に人気がある。この味なら一家三人で食べていくことはできそうである。

「そいつは……」

熊五郎が言い淀んだ。その傍らで、お里が目を伏せた。

「何か事情があるようだな」

ニャンコ丸が言ったときだ。大福屋に閑古鳥《かんこどり》を鳴かせている理由が、店に入って来たのであった。

「お、珍しく客が入ってるじゃん」

二十歳そこそこの、いかにも遊び人風の男だった。

「姉ちゃん、一両でいい。貸してくれねえか」

その遊び人風の男が、お里に話しかけた。弟のようだ。客がいようとお構いなしに、ちゃらちゃらした口振りでお金をねだっている。

その台詞に反応したのは、熊五郎だった。顔を真っ赤にして、ドスの利いた声で叱り付けた。

「辰吉《たつきち》、ここに顔を出すなって言っただろっ！」

熊のような見かけと相俟《あいま》って迫力があったが、遊び人風の男――辰吉は薄笑いを浮かべた。

「あんたに用はねえんだよ。姉ちゃんに言ってんだよ。高利貸しの家来さまには、関係ねえから」

「何だと」

熊五郎が腕まくりし、歩み寄った。

(喧嘩が始まる)

そう思ったが、辰吉はへたれだった。

「おっと、乱暴はよしてくれよ。あんたの義弟《おとうと》じゃねえか。なあ、一両だけ貸してくれよ」

猫撫で声になり、機嫌を取り始めた。しつこくお金を借りようとしている。

「……虫唾《むしず》が走るのう」

「……うん」

猫と狸が白い目で見ている。みやびとは無関係なのだが、人間界の恥をさらしてしまった気持ちになった。熊五郎もそうだったらしく、舌打ちした。

「金を借りるんなら、せめて返してからにしやがれっ！」

これまで何度もたかりに来たようだ。素行の悪い男がうろついていては、大福も売れないだろう。馬鹿な身内がいると、家族は苦労する。しかも、辰吉はしつこかった。

「おれを見捨てるのかよ？　なあ、姉ちゃん、何か言ってくれよ。頼むから、金を貸してくれよ」

と、お里を拝み倒そうとする。泣き落としてでも、お金を借りるつもりなのだ。

身重の姉は、頷かない。

「駄目よ。一両なんて大金は貸せない。お金が欲しいのなら、ちゃんと働きなさい」

当たり前のことだ。一両もの大金を右から左へ用立てられる庶民はいない。ましてや、お里は嫁いだ身だ。

　すると、辰吉が不吉なことを言い始めた。

「そのつもりだよ。うん。ちゃんと働く。だけど、今回だけは相手が悪《わり》いんだ。助けてもらえねえと、マジでやばいんだ」

「相手？」

「……喜十郎《きじゅうろう》さんから金を借りたんだよ」

　熊五郎が顔をしかめた。

「何だと？　てめえってやつは……」

　その名前は、みやびでも知っていた。

　毒蛇の喜十郎。

　そろそろ四十になるだろうか。深川一帯を縄張りにする、破落戸の親玉のような男だ。賭場の金貸しでもあった。

　容赦のない取り立てをすることでも名を知られている。執念深く、乱暴で厄介な男だった。べったりと白粉《おしろい》を塗っていて、顔つきは蛇に似ている。お金を借りるべき相手ではない。熊五郎でなくとも、顔をしかめる。

「そんな野郎と関わり合いになるつもりはねえ。自分の尻《けつ》は自分で拭け」

熊五郎が突き放すと、お里が頷いた。

「ちゃんとした仕事に就くまで、ここに来ないで」

年老いた義母を抱え、これから赤ん坊が生まれる身なのだ。素行の悪い弟に付き合っている暇はなかった。

お里には、守るべき家族がいる。それに、突き放すのも愛情のうちだ。甘やかしていては、いつになっても更生しない。面倒を見るにも限度がある。遊んで作った借金の肩代わりをする必要はない。

「博奕《ばくち》打ちに金を貸すくらい馬鹿なことはないのう」

「うん」

ニャンコ丸とぽん太が頷き合っている。その通りだ。妖怪のくせに、よく分かっている。お金を溝《どぶ》に捨てるようなものだ。

「そういうこった。分かったか？　分かったら、とっとと出て行け！」

熊五郎が辰吉の胸を突き飛ばし、店から叩き出した。

「ふ、ふざけるなっ！　この落とし前、つけてもらうからなっ！」

辰吉が捨て台詞を吐いた。何も分かっていない男なのだ。ふざけているのも、落とし前をつけるべきなのも、自分だということが分かっていない。

†

それから四半刻も経たないうちに、辰吉は喜十郎に責められていた。

「お金を貸してもらえなかったですって？　それで通ると思っているの？」

「す……すいやせん」

「謝っても許さないわよ」

毒蛇は言った。のっぺりとした顔に白粉を塗り、女のようなしゃべり方をするが、この男を馬鹿にする者はいなかった。

少なくとも、今はいない。辰吉の知るかぎり、一人残らず大川に沈められている。刻まれて魚の餌にされてしまった。

熊五郎に叩き出された後、辰吉は、喜十郎に捕まった。声を上げる暇もなく町外れの暗い橋の下に連れ込まれて、喜十郎とその子分たちに囲まれていた。目の前には、大川が流れている。

その川をちらりと見て、喜十郎は言った。

「辰吉さんには沈んでもらおうかしら」

軽い口振りだが、冗談ではないと分かった。

「か……勘弁してくださいっ！　この通りだっ！」

辰吉は叫んで、湿った地面に額をこすりつけた。殺されたくなかった。死にたくなかった。着物や額が汚れるのも構わず、必死に土下座した。

だが、喜十郎はにべもなかった。

「嫌よ。お金を返さない人を生かしておいたら、私が恥をかくじゃない」

「そ……そんな」

「お金を返してくれればいいのよ。死にたくなかったら、早く返しなさいな」

「だ、だから、貸してもらえなくて――」

「お黙りっ！」

喜十郎がぴしゃりと言った。辰吉は震え上がった。熊五郎に凄まれるより、ずっと恐ろしい。言葉が出なくなった。

そんな辰吉に、喜十郎が顔を近づけてきた。白粉のにおいが濃くなった。紅まで塗っている。気味の悪い唇を動かして、辰吉の耳元で囁くように続けた。

「貸してもらえないなら、ぶん捕りなさいな」

「ぶん捕るって……」

「全部、もらっちゃうのよ」

「ぜ……全部？」

「そう。店の売上げも貯えも全部」

言い切ってから、思いついたように付け加えた。

「辰吉さんのお姉さん、なかなかの美人だったわねえ。岡場所に売っちゃいましょうよ。きっと、いいお金になるわ」

「売るって、赤ん坊が腹に……」

「おろしちゃえばいいじゃない。子おろし婆のところにつれていけばいいのよ」

こともなげに言った。冗談を言うような口振りだが、喜十郎は本気だ。

「ちょ……ちょっと待ってくれ」

辰吉はうろたえた。とんでもない方向に話が進んでいる。

「嫌よ。待たないわ」

喜十郎が笑いながら言った。楽しくて仕方のないことを話すような顔で、辰吉に選択肢を突きつけた。

「お姉さんを岡場所に売るか、辰吉さんが土左衛門《どざえもん》（ふくれあがった水死体）になるか、好きなほうを選ぶといいわ」

そう言われてしまうと、返事は一つしかない。

「わ……分かった。姉貴を好きにしてくれ」

「そう言うと思ったわ」

紅を引いた唇を見せつけるようにして笑い、辰吉に命じた。

「あなたも手伝うのよ」

「手伝う？」

「これから、辰吉さんのお姉さんをさらいに行くのよ。岡場所に売る手伝いもしてもらうわ」

「それは……」

いくら辰吉でも、そこまでの真似はしたくなかった。かすかに肉親である姉への情が残っていた。

だが、その情も、毒蛇の次の一言で消し飛んだ。

「上手くいったら、辰吉さんにも分け前をあげるわよ」

「……本当ですか？」

掠れた声で聞き返した。喉から手が出るほど、金が欲しかった。今さら真面目になったところで、できる仕事など高《たか》が知れている。汗水垂らして働くのは、性に合っていなかった。

(姉を地獄に落としてでも、金をもらったほうがいい)

と、思ったのだった。

「嘘なんかつかないわよ。私、嘘と女は大嫌いなの」

喜十郎が言うと、手下たちが笑った。血に飢えた野良犬どもの笑いだった。

辰吉は笑えなかった。不安があったのだ。

「大福屋には、熊五郎がいますぜ」

熊のように身体が大きく、力もあれば肝も据わっている。しかも、下っ引きだ。お里がさらわれるのを黙って見ているとは思えない。

「熊五郎さんは、ちょっと厄介ねえ」

喜十郎は言ったが、それほど厄介だと思っている様子はなかった。下っ引きを恐れる男ではないのだ。

「殺しちゃいましょう」

あっさりと決断し、

「柏木《かしわぎ》先生に始末してもらおうかしら」

と、一味に混じっている浪人に声をかけた。

柏木は、素性の分からない男だった。ただ剣術の腕前は確かなようで、ここ何ヶ月か、喜十郎の用心棒のようなことをしていた。気に入らない者は、容赦なく斬る男でもあった。

いつだったか、賭場で喜十郎が因縁をつけられたとき、五人の破落戸の腕を叩き斬ったことがあった。

そんな男だから、性癖もまともではない。人を斬るのが大好きで、夜な夜な町に出ては、辻斬りをやっていることを辰吉は知っていた。女をさらって、手込めにすることもある。

「よかろう。ただし、礼金ははずんでもらうからな」

「もちろんよ」

「それから、さらう女だが――」

「うふふ。分かってるわ。売る前に好きなようにしていいわよ。でも、壊さないでね」

「それは約束できぬな」

「先生ったら嫌ねえ」

喜十郎が言うと、また、破落戸どもが笑った。今度は、辰吉も笑った。

重苦しい夜だった。時間が経つに連れ、雲が増えていく。空気はどんよりと重く、肌にまとわりつくように湿っていた。

「気持ちのいい夜ねえ」

喜十郎は上機嫌だった。いつもより白粉を厚く塗っていた。

一味は、深川の夜道をぞろぞろと歩いた。暗闇を歩くことに慣れているらしく、提灯も持たずに大福屋に向かっていく。

異変が起こったのは、小名木川そばの雑木林を通りかかったときのことだ。

「な、何よっ⁉」

「何だっ⁉」

「誰かが額に触ったぞっ‼」

次々と悲鳴が上がった。ぺたんとした感触があったのだ。そして、辰吉も含めて全員の額に梅の花のような痕がついていた。

何が起こったのか分からず、全員で額を擦っていると、声が聞こえた。

「よろこぶがいい。肉球判子を押してやった」

「は？」

「はではない。肉球判子だ」

説明になっていない説明をし、さらに続けた。

「ここから先は通さぬ。怪我をしたくなければ帰るがいい」

しゃべり方は年寄りなのに、子どものような声だった。そもそも声が聞こえること自体がおかしい。一味の他に、人の気配はないのだから。

「誰？」

喜十郎が問うと、返事があった。

「わしだ」

「わし？」

「うむ。わしだ」

「それじゃあ分からないわ。隠れてないで、出ていらっしゃいな」

「ほう。わしの高貴な姿を拝みたいと言うのだな」

「……いいから、顔を見せなさい」

「よかろう」

間抜けな声が返事をしたときだ。その言葉が合図だったかのように、雲の合間から月が顔を出し、夜道を照らした。

少し離れたところに、動物がいた。ブサイクな白猫と可愛らしい仔狸だ。

喜十郎が眉をひそめて問いかけた。

「あんたたち、何？」

「猫大人とぽん太だ」

ブサイクすぎる猫が、名乗ったのだった。

猫が人間の言葉を話すわけがない。あやかしの類だろうが、まったく怖くなかった。喜十郎のほうが、ずっと化け物じみている。

その喜十郎がブサイクな猫を見て、しみじみとした口振りで言った。

「変な顔ねえ」

「ぽん太に無礼なことを言うなっ！」

「狸さんのことではないわ」

「では、みやびか？　嫁入り前の娘に、本当のことを言うでないっ!!」

知らない名前を出して、勝手に怒っている。

「……行きましょう。相手にしていると、頭が痛くなっちゃいそう」

と、喜十郎が立ち去ろうとしたときだった。それまで黙っていた仔狸が朱色の唐傘を広げ、問いかけてきた。

「おいらの傘に入らない？」

猫だけでなく狸までもが、人間の言葉をしゃべったのであった。しかし、やっぱり怖くはない。傘を差そうと、仔狸は仔狸だ。しかも、この仔狸は、子どものおもちゃにしたくなるほど可愛い顔をしている。

「あら、傘に入れてくれるの？　お願いしようかしら。うふふ」

喜十郎が笑いながら返した。からかっているつもりなのだろう。

「うん。みんな、入れてあげる」

「みんなって、そんなにたくさんは入れないわよ」

「たくさんあるから大丈夫」

「え？」

「空を見て」

言われるがままに、一味は上を向いた。そして驚いた。朱色の唐傘が降って来たのだった。いくつもの唐傘が、可憐な花びらのように、ひらひら、ひらひらと舞い落ちてくる。

「まあ……。綺麗ねえ……」

喜十郎は見惚れているが、柏木は我慢ならなかったようだ。

「ふざけた真似をしおって」

舌打ちし、刀を走らせた。すぱんと音が鳴って、唐傘が真っ二つになった。一つだけでは斬り足らず、片っ端から唐傘を斬ってしまった。

「やってしまったのう。おぬしら、迷子になるぞ」

「迷子？」

「ふむ」

ブサイク猫が頷いたとき、柏木に斬られた最初の唐傘が地面に落ちた。そして、ぽちゃんと音がした。

「な、何っ!?　この傘、何っ!?」

喜十郎が悲鳴を上げた。辰吉は言葉が出ない。唐傘の朱色が、どろどろと溶け始めたのだった。

他の唐傘も同じ運命を辿った。ぽちゃん、ぽちゃんと地面に落ち、一つ残らず液体となった。

朱色の液体が道いっぱいに広がり、地面が地面ではなくなった。まるで朱色の沼だ。見た目だけでない。辰吉の身体がずぶずぶと沈んだ。地面が、本物の沼のようになっていた。

「た、助けてくれっ！」

ようやく出た言葉は悲鳴だった。沈んでいるのは辰吉だけではなかった。かん高い声が聞こえてきた。

「な、何よっ!?　これっ!?　何なのっ!?」

喜十郎が取り乱した声で叫びながら、朱色に染まった地面に沈んでいた。他の破落戸どもも、腰まで沈んでいる。朱色の唐傘を斬った柏木に至っては、胸まで浸かっていた。

誰一人として、突然の災難から逃れられた者はいない。全員が沈んでいた。

（し……死んじまう……）

辰吉は絶望的な気持ちになった。

川遊びをして育った辰吉は泳ぎに自信があったが、泳ぐどころか手足を動かすことさえできなかった。水が重かった。身体に絡みつくような水だ。

「水じゃないのう」

ブサイク猫が言った。人間の気持ちを読めるのだ。しかも仔狸と二匹で、宙に浮かんでいた。

「水じゃなければ何なのよっ!?」

「血の池地獄だ。おぬしたちは道に迷った挙句、地獄に落ちたのう」

「ち……血の池地獄？」

その言葉が恐ろしかった。喜十郎や柏木たちの呻き声が、亡者のもののように聞こえ始めた。地獄の鬼に責められる哀れな亡者だ。

「血の池に浸かって、おのれの行いを悔いるがいい」

ブサイク猫が命じるように言うと、辰吉の身体が血の池にさらに沈んだ。どろりとした朱色の液体が目を塞ぎ、口や鼻から入ってきた。

何も見えない。

息が吸えない。

胸が苦しい。

（……もう駄目だ）

そんな言葉が、辰吉の頭に浮かんだ。抗《あらが》う体力も気力も残っていなかった。すべてを諦めたとき、深川の闇に音が響いた。

ぱたん。

それは、ぽん太が唐傘を閉じた音だった。とたんに血の池が消え、辰吉は道端に転がっていた。

「いい夢を見たようだのう」

と、ブサイク猫が言った。術をかけられたようだが、幻とは思えないくらい怖かった。身体中が汗で濡れていた。

「大福屋に近寄るな。わしの言うことが分かるな？　分からぬのなら、今度は、針の山に案内するぞ」

その言葉を受けて、仔狸が再び唐傘を開いた。

「ねえ。おいらの傘に入らない？」

返事をする者は、誰もいなかった。

†

「どこに行ってたのよ？」

みやびは、ニャンコ丸とぽん太に聞いた。辰吉を追い出した後、ふらりといなくなり、のこのこと帰って来たところだ。四半刻くらい留守にしていた。

「悪人を懲らしめて来た」

ニャンコ丸が、また、わけの分からないことを言い出した。

「うん。おいらの傘に入れてあげたの」

ぽん太の言うことも、意味が分からない。しかも、みやびの式神のはずなのに、勝手に動き回っている。自由すぎる式神であった。

「たいしたものでござる」

と、九一郎が独り言のように呟いた。

何やら感心している。猫と狸が、どこに行って来たのか知っているようだ。みやびだけが蚊帳《かや》の外に置かれている。仲間外れであった。

奥に続く戸が開き、小柄な老婆が顔を出した。

「おっかあ——」

熊五郎が言った。この女が、おくにのようだ。髪は真っ白で、腰が曲がっている上に顔色が悪かった。病気かと思ったが、声はしっかりしていた。

「お客さんかね」

「ああ。拝み屋の先生だ。おっかあの相を見てもらおうと思ってな。若くて、いい男だろ？　この先生に相を見てもらえば、おっかあの寿命も延びるぜ」

冗談めかしてはいるが、熊五郎は必死だった。母を思う気持ちが、ひしひしと伝わってきた。

だが、おくには首を縦に振らなかった。

「今度にしてもらえるかね」

素っ気なく言って、みやびたちに挨拶もせずに店から出て行ってしまった。逃げるような足取りだった。

気まずい空気が流れた。熊五郎とお里が困った顔になった。

「鬼と言われたことを気に病んでおるのう」

言われなくとも分かる。おくには、かなり落ち込んでいるようだ。

「このままじゃあ、本当に病気になっちまうぜ」

熊五郎が困り果てた顔になった。大袈裟とは思えない。おくにの気の病みようは普通ではなかった。

「坊主をさがすしかあるまい」

ニャンコ丸が言った。

「さがして、どうするのよ？」

「おくにへ言った台詞を撤回させればよい」

なるほど。妙案だ。僧侶の言葉なら、おくにも聞きそうだ。

「でも、どうやって？」

旅の僧侶ということは、すでに深川にいない可能性もあるのだ。たとえ深川にいたとしても、空き家や破れ寺に潜り込まれたら見つけることは難しい。

その悩みを解決する方法を提示したのは、ニャンコ丸であった。

「秀次に聞いてみればよかろう」

「そっか……」

その手があった。秀次は、岡っ引きというお役目柄、人の出入りに目を光らせている。旅の僧侶の居場所を知っているかもしれない。

「行ってみるとするかのう」

「うん」

さっそく猫と狸が歩き出した。二匹だけで行くつもりなのだろうか。まとまる話も、まとまらなくなりそうだ。また、秀次に迷惑をかけそうな予感もあった。

「ちょっと待って。私も行く」

みやびは熊五郎夫婦と別れ、ニャンコ丸とぽん太を追いかけた。

九一郎も一緒に来たが、何もしゃべらなかった。

秀次は独り身だ。永代橋《えいたいばし》のそばの佐賀町の長屋で暮らしている。

いなせな二枚目なのに、浮いた話を聞いたことがなかった。モテないわけではない。恋文をもらうところを見たことがあるが、秀次は袖にしていた。誰かと付き合ったという話も聞いたことがなかった。

「おかみさんをもらわないのかしら」

と、呟くと、ニャンコ丸がため息をついた。

「不憫な男だのう」

よく分からないが、何やら秀次に同情しているようだ。前にも、似たような台詞を聞いた気がする。

「おぬしは、ひどい女だな」

「何それ？　意味分かんない」

「わしもだ」

会話が成立していない。しょせん猫は猫だ。人間の言葉は難しいのだろう。相手にするのをやめた。

やがて長屋に着いた。戸が開けっ放しになっていた。秀次は家にいて、組紐を作っていた。例によって懐にはギン太がいるが、くうくうと眠っている。秀次の懐を寝床にしているようだ。

「今晩は」

と、挨拶すると、秀次が驚いた顔を見せた。

「こんな夜更けに、大勢で何の用だ？」

「ちと教えて欲しいことがあってのう」

ニャンコ丸が事情を話すと、老僧の居場所があっさり分かった。

「じいさんの坊主なら、小名木川に架かる橋の下を塒《ねぐら》にしてるぜ。確か、道庵《どうあん》って名前だったな」

名前まで知っていた。腕のいい岡っ引きは、やっぱり人の出入りに気を配っているのだ。秀次が知っていたのは、それだけではなかった。

「お里の弟が、喜十郎から金を借りたそうだな」

「そうみたい」

みやびが答えると、秀次が顔をしかめた。

「喜十郎には気をつけたほうがいいぜ。あの野郎は、まともじゃねえ」

「そういう顔をしておったのう」

「うん」

ニャンコ丸とぽん太が、相槌を打った。

小名木川には、いくつかの橋が架かっている。小さい橋まで含めると、数え切れないほどあった。

老僧――道庵がどこの橋にいるかは聞いてきたが、この暗い中、小柄な老人を見つけるのは骨が折れそうだ。そうでなくても草木が生い茂っている場所は、視界が悪すぎる。

川岸を歩いてみたが、やっぱり草木が多すぎて何も見えない。ニャンコ丸が舌打ちした。

「面倒だ。焼き払ってしまうか」

「うん」

ぽん太が唐傘を開こうとした。みやびは、胸騒ぎを感じた。

「ちょ……ちょっと、何する気?」

「炎熱《えんねつ》地獄を召喚するのだ」

とんでもない返事だった。焦熱《しょうねつ》地獄とも呼ばれる、炎熱の苦しみを与える場所だ。米粒ほどの炎を持って来ただけで、この世のすべてが燃え尽くされると言われている。

「人は迷うと、いずれ地獄に落ちる」

ニャンコ丸がもっともらしいことを言うが、そんなものを召喚されては人間が滅んでしまう。

例によって適当なことを言っている可能性もあるが、万が一にも本当だった場合の被害が大きすぎる。

「そんなことしちゃ――」

止めようとしたとき、草木の生い茂る闇の向こうから声がした。

「無茶をするでない」

草木をかき分けるようにして、老僧が現れた。

「わしは、ここにおる」

「おぬしが道庵だな？」

「いかにも」

この男が、おくにを脅した道庵だった。

痩せていて、粗末な身なりの坊主だった。だが、嫌な印象はない。世を捨てているせいか、穏やかな目をしていた。仏像を思わせる優しい眼差《まなざ》しだ。

（この僧侶が、老女を傷つけた？）

信じられなかったが、人は見かけでは判断できない。優しげな容貌をしていても、鬼のように醜い心を持つ者もいる。世の中には、人に化けている鬼もいるという。

ニャンコ丸の声が聞こえているからには、ただの人間ではあるまい。それこそ、あやかしが化けているのかもしれない。みやびは気持ちを引き締め、道庵に問いを投げた。

「ど……どうして、おくにさんにあんなことを言ったんですか？」

「あんなこと？」

「鬼の相が出ているって」

「ああ。その話か。それはだな――」

何かを言いかけたが、急に口を噤んだ。唐突な黙り方に驚き、改めて道庵の顔を見ると、右の眉が吊り上がっていた。

「何？　どうかしたの？」

「悲鳴が聞こえる」

そう呟いたのであった。

「悲鳴？」

聞き返しながら耳をすましてみたが、風の音とせせらぎしか聞こえない。

道庵の言葉を疑ったが、身内から賛成の声が上がった。

「確かに聞こえるでござる」

「熊五郎の大福屋のほうだのう」

「うん」

九一郎、ニャンコ丸、ぽん太が口々に言った。

何も聞こえないのは、みやびだけのようだ。道庵が、誰に言うともなく続けた。

「早く行かぬと、死人が出るぞ」

死人と聞いて、真っ先に思い浮かんだのは両親の姿だ。獣に喰い殺されていた。忘れようとしても忘れることができなかった。人が死ぬところを見たくないと思った。

みやびは大福屋に向かって走った。思い当たることもあった。

「もしかして、喜十郎のしわざ……？」

みやびは呟いた。秀次の言葉が頭にあったのだ。

（あの野郎は、まともじゃねえ）

毒蛇のようにしつこい男だということも知っていた。一味には、不逞《ふてい》浪人もいるという。

その考えを裏書きするように、ニャンコ丸とぽん太が言った。

「確かに、喜十郎の声だな」

「うん」

深川は「江戸田舎」と呼ばれる土地柄だ。民家はあるが、一軒一軒の距離が離れている。熊五郎の大福屋も、隣家との距離が離れていた。悲鳴は聞こえないだろうし、たとえ聞こえたとしても、物騒な夜に様子を見には行かない気がする。

熊五郎の店が見え始めた。二つの人影が、その店の前にあった。大福屋から明かりが漏れていて、近づくと顔が見えた。

「喜十郎と辰吉だのう」

やっぱり、この連中のしわざだった。ろくでもない連中だ。

「大福屋を襲いに来たのね」

みやびはそう応じてから、眉を寄せた。悪事を働きに来たにしては、喜十郎と辰吉の様子がおかしい。

「座り込んでおるな」

ニャンコ丸の言うように、店の前に座り込んでいた。腰を抜かしているようにしか見えなかった。

　なぜか一緒について来た道庵が、その二人を見ながら断じた。

「さっき聞こえたのは、やつらの悲鳴だ」

「嘘……」

　信じられないことだった。辰吉はともかく、毒蛇と呼ばれる喜十郎が悲鳴を上げるなんて想像もできない。ニャンコ丸が口を挟んだ。

「嘘ではない。あやつらのそばに立っているものを見れば分かる」

「そば？」

　言われるまで気づかなかったが、喜十郎と辰吉のそばに、もう一つの人影が見えた。

「人影ではない。よく見てみろ」

　道庵に言われ、みやびは闇に目を凝らした。やがて、三つ目の影が闇に浮き上がるようにして、はっきりと見え始めた。

　般若《はんにゃ》の面をかぶり、大きな出刃包丁を持っていた。しかも、鬼の角が生えていた。

　その角は、作りものには見えなかった。

　これは――。

「山姥《やまうば》だのう」

ニャンコ丸が応えた。山姥とは、人里離れた山奥に棲むと言われている鬼女のことだ。深川の町に、あやかしが現れたのだった。

†

喜十郎は執念深い。血の池地獄に堕とされ、柏木や手下の破落戸どもは逃げてしまったが、喜十郎だけは諦めていなかった。

「大福屋に行くわよ」

要領悪く逃げ遅れた辰吉に言ったのだった。

「あなたのお姉さんを岡場所に売るのよ」

執念さえ感じられた。金が欲しいというより、女を怨んでいるように見えた。

「女なんて、この世からいなくなっちゃえばいいのよ」

と、喜十郎は続けた。

「私、家族を女に皆殺しにされてるの」

その話は聞いたことがあった。「女」というのは、喜十郎の母親だとも聞いた。

「八歳のときだったわ。あの女は、おとっつぁんと弟二人を殺したのよ。私は、たまたま外に出てて助かったわけ」

喜十郎は、それ以上のことは話さなかった。それでも、心に傷を負ったまま、大人になったのだということは分かった。

「あなただって、お姉さんに見捨てられたんでしょ」

そう言われた瞬間、苦いものが込み上げてきた。両親に死なれ、きょうだい二人で生きてきたのに、姉は辰吉を見捨てた。熊五郎との暮らしを選んだ。自分だけ幸せになった姉を恨む気持ちがあった。姉には新しい家族ができた。自分は独りぼっちだ。もう助けても、もらえない。

「……分かった。一緒に行く。だから分け前を増やしてくれ」

押し出すように言った。うふふと喜十郎は笑った。

「あら。欲深いのね。そういう男は好みよ。半分あげちゃうわ」

話はまとまり、二人は歩いた。猫にも狸にも邪魔されず、大福屋の近くに来たときだった。喜十郎が不思議そうな顔をした。

「……何、あれ？」

誰もいない通りに、老婆らしき影が一つ立っていた。何のつもりか分からないが、般若の面をかぶっている。

「耄碌した婆さんみてえだな」

辰吉が言うと、喜十郎がため息混じりに同意した。

「嫌ねえ。年は取りたくないわ」

夜道を徘徊《はいかい》する年寄りは珍しくない。二人は、老婆の横を通ろうとした。自分たちに関係のない、薄汚い年寄りだと思ったのだ。

しかし、間違っていた。そばを通るべきではなかった。老婆の手が喜十郎の襟を摑んだのだ。そして、喜十郎の身体を持ち上げた。

「えっ!?　……何っ!?　何なのっ!?」

信じられない光景だった。辰吉は、我が目を疑った。

(嘘だろ……)

喜十郎は痩せてはいるが、背丈は高い。体重も軽くはないだろう。それを、小柄な老婆が仔猫でも摑むように持ち上げている。辰吉は啞然とした。言葉も出ず、ぼんやり立ち尽くしていると、喜十郎に命じられた。

「た……辰吉さんっ!　は、早く助けてっ!　この婆《ばばあ》をやっつけてっ!」

その声は、かん高くひび割れていた。

「へ、へい」

辰吉は慌てて駆け寄り、老婆に摑みかかった――はずだった。

「……え？」

老婆に触ることさえできなかった。気づいたときには持ち上げられていた。逆らうことのできない怪力だった。子どものように小柄な老婆が、右手で喜十郎、左手で辰吉を持ち上げている。

「お……下ろしてくれ……」

情けない声で頼むと、老婆が頷いた。

「頼まれなくとも下ろしてやるわい」

そう言うなり、二人を放り投げた。乱暴な投げ方だった。辰吉と喜十郎の身体が鞠のように高々と宙に舞い、地面に叩き付けられた。受け身を取ることさえできず、背中から落ちた。

「ぐえっ……」

蛙が踏み潰されたような声が出た。背中を打った衝撃のせいで、息が吸えなくなった。肺が潰れそうだ。

しばらく、ぜいぜいしていると、ほんの少しだけ落ち着いた。そして、いっそう恐ろしくなった。

　辰吉も喜十郎も懐に匕首を呑んでいたが、使う気にもなれなかった。刃物があろうと、目の前の老婆に勝てるとは思えないのだ。

　般若の面をかぶった老婆が近づいてきた。どこから出したのか、出刃包丁を持っている。闇の中でも、ぎらぎらと光っていた。

「な、な、何よっ!?」

　喜十郎が、ひび割れた声で叫んだ。叫ぶことしかできない。

　逃げたかったが、二人とも背中をひどく打って、立ち上がることができない。腰が抜けたように地面に座るのが、やっとだった。まるで無力な赤ん坊だ。いや赤ん坊ではない。悪事を働き、さらにこれから姉の家に押し入ろうとした汚れた大人だ。

「この世から消えるといいだ」

　老婆が言った。くぐもっているが、殺気が伝わってきた。辰吉の心は壊れそうだった。

「か……勘弁してくれ……」

　息も絶え絶えに許しを請うた。殺されたくない。助けてくれ。しかし、老婆は許してくれなかった。

「死ぬがいい」

出刃包丁を振り上げた。

そのとき、誰かがやって来たが、辰吉も喜十郎もそっちを見る余裕さえなかった。

(殺される!!)

と、全身が震えていた。

「これで終わりじゃ」

老婆が出刃包丁を振り下ろそうとした瞬間、若い男の声が聞こえた。

オン・アボキャ・ベイロシャノウ
マカボダラ・マニ・ハンドマ
ジンバラ・ハラバリタヤ・ウン

光明真言であった。これを誦すると、もろもろの罪報を免れると言われている。

†

（何が起こっているの？）

みやびには分からなかった。山姥が町にいる理由も分からなければ、どうして喜十郎と辰吉が襲われているかも分からない。それを聞く暇もなく、九一郎が真言を唱え始めた。

「オン・アボキャ・ベイロシャノウ――」

すると九一郎の結んだ印から、光の卵が生まれ、孵化するように割れた。そして、

「しゅるり」

と、音が鳴った。

「糸？」

そう。それは、白い糸だった。暗闇の中でも、はっきりと見えた。

その糸は深川の闇を走り抜け、山姥の右手に絡みついた。出刃包丁を振り上げたまま、老婆の動きが止まった。

「くっ」

山姥が糸を振り解こうとするが、手を動かすことさえできなかった。完全に身動きが取れなくなっている。

「あんな細い糸を切れないなんて……。あの糸、何なの？」

みやびの口から疑問がこぼれ落ちた。返事をしたのは、道庵だ。

「蜘蛛の糸だ」

「え？　蜘蛛？」

「そうだ。見ておれば分かる。あやつは黙って働くたまではないからな」

「拝み屋ごときが、おれを呼び出すとはいい度胸だ」

いつの間にか、盗っ人のような黒装束を身につけ、額に白い鉢巻きをした少年が立っていた。

髪は長いが、背丈は低く、十五、六にしか見えない。そのくせ、話し方は大人びていて、生意気そうな顔をしている。やたらと目付きの悪い子どもだ。

「……誰？」

小声で聞くと、今度は、ニャンコ丸が答えた。

「土蜘蛛《つちぐも》だ」

伝説の大妖怪だ。鳥山石燕の『今昔画図続百鬼《こんじゃくがずぞくひゃっき》』では、蜘蛛の姿をした妖怪として描かれているが、大和朝廷に異族視された種族であるという。

また、『常陸国風土記《ひたちのくにふどき》』では「狼の性、梟《ふくろう》の情」を持つとされている。いわば札付きの悪妖怪であり、その気になれば、江戸を壊滅させることもできるだろう。

「助かったでござるよ、土影《つちかげ》」

九一郎が言葉を返した。この少年の名前は「土影」であるらしい。

「まだ猫をかぶってやがるのか」

吐き捨てるように、土影が言った。九一郎のことをよく知っている口振りだ。

「猫なんてかぶっていないでござるよ」

「貴様が猫をかぶろうと、人を喰らおうとどうでもいい。用が終わったなら帰るぜ。もう二度と呼ぶな」

土影は面倒くさそうに言い、闇の向こうに帰っていった。式神すべてが九一郎に従順というわけではないようだ。


土影がいなくなると、山姥に絡みついていた糸も消えた。山姥は自由になったが、すでに戦意を喪失しているらしく動かなかった。出刃包丁を地面に落とした。

一方、喜十郎と辰吉は、完全に腰を抜かしている。老僧が、そんな二人に歩み寄った。顔をのぞき込み、語りかけた。

「おぬしら、死相が出ておるぞ」

「ひ……」

　二人の悪党が息を呑んだ。特に、辰吉の狼狽《ろうばい》ぶりは激しかった。震える声を発した。

「嫌だ……。死にたくねえ……。なあ、あんた、助けてくれよ……。おれを助けてくれっ！」

「断る」

　ニャンコ丸が横から口を挟んだ。その隣には、ぽん太が朱色の唐傘を差して立っている。

「もう一度、おいらの傘に入る？」

　その言葉を聞いて辰吉が飛び上がった。

「い、嫌だっ！　勘弁してくれっ！　じ、地獄はごめんだっ！」

　江戸中に響くような大声を上げた。

「うるさいのう。夜は静かにするものだ」

　ニャンコ丸が注意した。

「ならば、そこの白粉お化けを連れて消えるがよい」

　その言葉は、最後通牒のようだった。

喜十郎をひきずるようにして、辰吉が去っていった。二度と現れることはない気がする。

「さて」

道庵は山姥に向き直った。相変わらず山姥は動かない。項垂《うなだ》れたまま立ち尽くしている。

「悪人どもは追い払った。面を外したらどうだ」

子どもに語りかけるような優しい口振りだった。山姥がこくりと頷き、般若の面を外した。面の下から現れたのは、みやびの知っている顔だった。

「おくにさん……」

熊五郎の母親だ。ただ、鬼の角が生えている。おくには、本当に鬼だったのだ。

「どうして……」

みやびは呟いた。そして知ることになる。おくにの悲しい物語を。

†

ずっと山奥で暮らしていた。物心ついたときには親がなく、おくには独りぼっちだった。そのときから、老婆の姿をしていた。

自分が鬼だという自覚はあった。人を喰ったことはなかったが、傷つけたことも、殺したこともある。山賊や猟師に襲われて、仕方なく返り討ちにしたのだ。

人を傷つけるたびに、悲しい気持ちになった。人間ではない我が身を恨めしく思った。

鬼と言っても、角を隠せば、山姥は人間の老婆と見分けがつかない。人間を喰らう残虐無道な悪鬼《あっき》とは違い、独りぼっちを寂しいと思う気持ちがあった。

あやかしの寿命は人間のそれより何倍も長いが、百年も二百年も独りぼっちでいるのかと思うと、やりきれない気持ちになる。

「何のために生まれてきたのか分からぬ……」

誰もいない山小屋で、何度も呟いた。悪鬼になれない山姥は、そのたびに涙を流した。寂しくて寂しくて仕方がなかった。

そんなある日、江戸に行ってみようと思った。人の多い町だということを知っていたからだ。江戸には、いろいろな人間がいる。おくにが行っても、目立たないだろうと思ったのだ。

「ちょっと見てくるだけじゃ」

断る相手などいないのに、言い訳するように呟いた。実際、江戸で暮らすつもりはなかった。すぐに山に帰って来るつもりでいた。

自分は山姥だから、人の町では暮らせない。正体がバレたら大騒ぎになるだろう。それくらいのことは分かっていた。

人間の老婆のふりをして町場を見て回った。盛り場にも足を運んだが、慣れない人混みに疲れてしまった。賑やかな人混みの中にいても、

(独りぼっちは、どこに行っても独りぼっちだ)

と、山奥にいたときより寂しくなった。自分は、この町にいてはいけないものだと、身に染みて分かったのだ。

そうかといって、すぐ帰る気にもなれず、人混みを避けて歩いているうちに深川の外れにやって来た。

ひとけはない。

いつの間にか日が落ちている。

これ以上、江戸にいても何の意味もないだろう。

「……帰るとするか」

力なく呟いたときだ。道端に広がる雑木林から、音が聞こえた。おぎゃあ、おぎゃ

あと聞こえる。

「赤ん坊の泣き声？」

おくには、その声を辿って雑木林に入った。暗い夜だったが、山姥は夜目が利く。昼間と同じように見ることができた。

本当に、赤ん坊がいた。汚い布に包《くる》まれて、雑木林の片隅に転がっていた。

「捨て子か……」

泣き声を聞いた瞬間から予想していたことだ。おくにの棲む山にも、赤ん坊が捨てられることがあった。人の世は厳しい。我が子を捨てなければ、生きていけないことがある。

ただ、山にいたときには、生きている赤ん坊を見たことがなかった。獣にとって、赤ん坊は餌にすぎない。赤ん坊のなれのはてばかりを見てきた。

このまま放っておいたならば、この赤ん坊も野良犬や鳥に喰われてしまうだろう。早くも夜鳥が集まり始めていた。夜鳥は鳴きもせず、じっと赤ん坊を見つめている。餌を見つけた目をしていた。

脳裏に、目玉を啄まれる赤ん坊の姿が思い浮かんだ。かわいそうだと思いはしたが、山姥にはどうしようもできないことだ。

「放っておくしかあるまい」

おくには呟いた。だが、発した言葉とは裏腹に、赤ん坊を抱き上げていた。

(死なせたくない)

そう思ったのだ。


赤ん坊を拾ったことをきっかけに、おくには人間の老婆として生きていくと決めた。山奥に帰ることをやめて、江戸で暮らすことにした。

最初にやったのは、赤ん坊に名前を付けることだった。

「熊五郎」

熊のように強く育って欲しいという願いを込めた。山姥の目には、人間の子どもはか弱く見えたのだ。

それから、深川に長屋を借りた。

幸いなことに深川は流れ者の多い土地で、赤ん坊を抱えた老婆を不審に思う者はいなかった。どこかの町から夜逃げして来たと思われていたようだ。実際、脛《すね》に疵《きず》持つ者はたくさんいた。だが、もちろん問題もあった。

(金がないと、赤ん坊を育てることができない……)

江戸の町では、ただ息を吸っているだけで金がかかる。人を襲えば簡単に金は手に入るが、おくにはやらなかった。人間として赤ん坊を育てたかったからだ。

「働いて金を稼ぐのじゃ」

そう自分に言い聞かせた。

力は強いが、見かけは老婆だ。おくにを雇ってくれるところはなく、自分で商売を始めるしかなかった。その商売が、大福屋だった。

山奥にはない食べ物だ。大福を食べると、満ち足りた気持ちになる。人を喰らうとされる山姥から遠いものに思えた。だが、順調だったわけではない。

「金を稼ぐというのは、大変なものよ……」

その言葉を何度言ったか分からない。最初は上手くいかなかった。一つでも多く大福を売ろうと、熊五郎を背負って長屋や盛り場をまわった。

まったく売れない日もあったが、

「がんばるのじゃ。熊五郎を一人前にするのじゃ」

と、くじけなかった。我が子のために苦労できることが幸せだった。

そのうち、百文、二百文と儲けが出るようになった。

「おくに婆さんの大福は、餅に腰がある」

そう言って贔屓にしてくれる客が付き始めたのだ。山姥の怪力で搗《つ》いたのがよかったのだろう。

月日は、流れた。瞬く間に十年が経ち、どうにか自分の店を持つことができた。

「こんな生活を送れるとは……」

おくには幸せだった。山姥である自分が、家族を持てたことがうれしかった。小さな命を守ろうと、それまで以上に必死に働いた。

ただ、このままずっと人の町で暮らすつもりはなかった。山姥は千年、二千年と生きる。いずれ鬼だとバレる。化け物扱いされてしまう。

そうなったならば、熊五郎にも迷惑がかかる。どんなに真面目に生きていても、化け物の子は差別される。

「鬼の子」

と呼ばれ、人の町から追い出されてしまうだろう。おくにの望むところではなかった。

(熊五郎が一人前になったら、江戸から出て行こう)

と、山に帰ることを決めていた。自分がいなくなることが熊五郎にとって一番の幸せだと分かっていたのだ。

　さらに十年がすぎた。

　熊五郎は大人になり、気立てのいい嫁をもらった。儲けは少ないが、大福屋も深川の町に根付いている。嫁のお里は、大福を作るのも上手かった。

「潮時じゃな……」

　出て行こうとしたが、熊五郎がそれより先に言ってきた。

「赤ん坊ができた」

　お里が子どもを宿したのだった。

　おくには、まったく気づかなかった。返す言葉もなく呆然としていると、熊五郎が続けた。

「おっかあの孫だ」

　ぶっきらぼうな一言が、おくにの胸に沁みた。

（孫？　わたしの孫？）

　そう思うと、涙が溢れそうになった。

「面倒を見てやってくれよ」

「も……もちろんじゃ……」

言葉が勝手に溢れた。独りぼっちだった自分に、息子ができ、義理の娘ができ、そして、今度は孫ができる。

（もう少し……。もう少しだけ、一緒にいよう）

許されることなら、このまま人間として暮らしたかった。家族と一緒にいたかった。熊五郎たちと一緒にいたかった。

鬼は幸せにはなれない。ましてや、人間になることはできなかった。

大福屋を襲いに来た喜十郎と辰吉の気配を察知し、頭に血が上ってしまった。全身に火がついたように熱くなり、気づいたときには般若の面をかぶって暗闇の中にいた。鬼の角が飛び出していることに気づいたが、おくには引っ込めなかった。

気が触れたように、もう一人の白分が頭の中で叫んでいた。

（殺せっ!!　殺してしまえっ!!）

熊五郎とお里を苦しめる喜十郎と辰吉を、この世から葬りたかった。その衝動を抑え切れず、二人の全身の骨を叩き折り、出刃包丁で刻んでやろうと決めていた。殺すつもりだった。土蜘蛛に止められなければ、八つ裂きにしていただろう。

おくには正気に戻った。誰も殺さずに済んだが、元には戻れない。

「山姥よ、これからどうする?」

老僧に聞かれた。すべてを見通している目だった。

「山に帰る」

息子夫婦や孫にも迷惑がかかる。今日の一件にしても、どこで誰が見ているか分からない。

(このまま立ち去ったほうがいい)

おくにの決心は固かった。そして、せめて最後に、家族の暮らす大福屋を見ようとしたそのとき、

「おっかあ」

と、声が聞こえた。こんなふうに自分を呼んでくれるのは一人しかいない。

「熊五郎……?」

おくには名を呼んだ。大福屋から、熊五郎が出て来た。

†

熊五郎が現れたことは、何の不思議もない。

家の前でこれだけ騒げば、起き出してくるのは当然だ。ましてや熊五郎は、おくにの一件を気に病んでいる。眠っていなかったのだろう。さっき別れたときと同じ格好をしていた。

おくにの額からは、鬼の角が出ている。人間でないことは一目で分かる。だが、熊五郎は驚きさえしなかった。じっと、おくにの顔を見ている。母子は、しばらく黙っていた。

最初に口を開いたのは、おくにだった。

「わたしは、普通の人間じゃないんだよ」

自分の罪を告白するように言った。人の世で、鬼であることは罪なのかもしれない。熊五郎は人間ではないものに育てられていたことになる。

みやびは息を呑んだ。熊五郎が衝撃を受けているだろうと思ったのだ。

「相変わらず鈍い娘だのう。何も分かっておらぬ」

「うん」

ニャンコ丸とぽん太が、ぼそりと言った。その言葉の意味は、すぐに分かった。

「そんなこと、昔から知っていたよ」

と、熊五郎が言ったのだった。

「……え？」

みやびは問うが、熊五郎はこっちを見ることさえしない。じっと、おくにを見つめている。

おくにが驚いた顔で聞き返した。

「……知っていたって、おまえ。ど……どうして……？」

「どうしてもこうしてもねえよ。いくら、おれだって気づくさ」

そして、熊五郎は語り始めた。

†

一緒に暮らしてるんだから、気づかねえわけがないだろ。

いつ気づいたかって？

ずっと昔、物心つくかつかねえかのうちだよ。

おっかあ、おぼえているか？

おれ、餓鬼のころ、身体が弱かっただろ？

年がら年中、風邪を引いちゃあ、熱出してたよな？

そのたびに、おれを負ぶって医者に連れて行ってくれたじゃねえか。
死ぬな、死ぬなって言いながら、必死に走ってくれたよな。
……必死に走りすぎたんだよ。
速すぎる上に、ときどき角が出てたぜ。
それだけじゃねえ。
暴れ馬に蹴られそうになったとき、おれを庇って代わりに蹴られたよな。
そんで、怪我一つしなかったよな。
ありえねえんだよ。
普通の人間が、馬に蹴られて平気なはずがねえだろうが。
まったくよ。
赤ん坊を拾ったり、代わりに馬に蹴られたり、鬼のくせにお人好しすぎるぜ。

†

——これからも一緒に暮らせばいい。
みやびはそう言いかけたが、ニャンコ丸に遮られた。

「一緒に暮らすのは無理だのう」

「無理って――」

「山姥であることを知られてしまったからのう」

「そ……そうだけど」

「ここにいる連中はともかく、喜十郎と辰吉も知っておる。夜とは言え、道の真ん中で大立ち回りを演じたのだ。誰に見られたか分かったものではあるまい」

「そ……それは」

　言い返すことができなかった。おくにが山姥だという噂が立てば、熊五郎とお里だけでなく生まれて来る孫まで差別を受ける。家族全員が、江戸から追い出されることさえあり得るのだ。殺されてしまうことだって、「ない」とは言えない。

　道庵が、おくにに言った。

「そろそろ身を隠したほうがいい時期でもあろう」

「時期って、どういうこった？」

　熊五郎が聞き返した。声に棘がある。仇を見るような目で、老僧を睨んでいる。おくにの正体をバラした道庵を恨んでいるのだ。

　道庵が「鬼の相が出ている」と言わなければ、何も変わらず暮らしていけると思ったのだろう。

　しかし、世の中は変わるものだ。同じように見えても、昨日と今日は別の日だ。そんな時の流れの残酷さを、老僧は口にした。

「おくにが、人の町で暮らすようになってから何年が経つ？」

「二十年だ」

「ずっと老婆のままであろう」

「そうだ。おっかあは、何も変わっちゃいねえ」

「それが問題なのだ」

「え？」

「二十年間、見かけの変わらぬ人間などおらぬ」

「…………」

　熊五郎は口を閉じた。潮時だということを分かっているのだ。

「お坊さまの言う通りだよ」

　そう言ったのは、おくにだ。熊五郎に語りかける。

「おまえを育てることができて、本当に幸せだった。この気持ちがあれば、どこに行こうと寂しくない。独りぼっちじゃないと思えるんじゃ」

「おっかあ……」

「まだ母と呼んでくれるんだのう。かたじけない。この世に生まれてきてくれてありがとう。育てさせてくれてありがとう、熊五郎よ」

老いた目に涙が光ったが、おくには般若の面をかぶって隠した。そして、別れの言葉を言った。

「それじゃあな。達者で暮らすんじゃぞ」

返事を待たず熊五郎に背を向けて歩き始めた。もう二度と振り返らないつもりだと、みやびには分かった。

熊五郎は止めなかった。止めても無駄だと知っているのだ。その代わり、こんな台詞を言った。

「赤ん坊が生まれたら、山に連れて行くから。お里と一緒に行くから。おっかあに会いに行くから……」

熊五郎の目からは、涙が流れていた。その涙をぬぐいもせず、母親の背中に続けた。

「そしたら会ってくれるよな。おっかあの初孫に」

おくには、やっぱり返事をしなかった。ただ、背中が小さく震えていた。

第四話　九一郎の物語

事件は一件落着したが、九一郎の物語は終わっていなかった。みやびにも伝えていないことがあった。その話を始めたのは、旅の老僧だった。

「おぬしはどうする？」

おくにが山に帰った後、道庵に聞かれた。九一郎の顔をじっと見ていた。

みやびとニャンコ丸、ぽん太は少し前を歩いている。いつものように言い争っているらしく、賑やかな声が聞こえる。九一郎はその輪に混じることなく、道庵と暗い道を歩いていた。

みやびたちに聞こえることのない声で、老僧が続けた。

「いずれ知られることだぞ」

分かっている。

分かっていることだが、今は聞きたくない。

「あの娘の親を殺したのは――」

そこまで言って、道庵は口を閉じた。九一郎が震えていることに気づいたのだ。

少しの沈黙の後、小声で謝ってきた。

「余計なことを言った。すまぬ」

道庵は去っていった。九一郎の震えは止まらなかった。

†

九一郎が十二歳のとき、神名家は江戸城そばに屋敷を構えていた。もともと京の都で暮らしていたのだが、数年前に越して来た。理由は分からないが、父の決めたことだ。

弟子を取っておらず、奉公人もいなかった。これも父の決めたことだ。家に他人を入れることを嫌っていた。

父と母、九一郎、そして八歳の妹・千里《せんり》の四人で暮らしていた。奉公人がいないので、料理も掃除も、自分たちでやらなければならなかった。

「神田まで行って、お札を取って来てくれないか」

ある日、父に言われた。神田には、世話になっている寺があった。お札は拝み屋稼業になくてはならないものだ。

「兄上、千里も参ります」

妹が一緒に行きたがった。兄のやることを何でも真似したがる娘だった。金魚のフンのように、九一郎について回った。

「邪魔をしては駄目よ」

母が、言い聞かせるように千里に言った。遊びに行くのではないのだから、八歳の妹について来られても困る。

「じゃあ、行って来るから」

妹を振り払うようにして、九一郎は家を出た。一緒に行きたいと、千里は泣いていた。


九一郎は用事を済ませた後、江戸の総鎮守・神田明神に手を合わせてから帰路に就いた。

梅の花が咲く季節だった。ただ、その道には白梅はなく、紅《あか》い花ばかり咲いていた。そのころの九一郎は、紅梅が好きだった。母の影響だ。

「京で一番の美人」

と、噂されたこともある母は、自分の部屋に花を絶やさなかった。春になると、紅梅を飾っていた。

　あるとき、妹が母に質問をした。

「白梅は飾らないの？」

「白は嫌いなの」

「ふうん。千里は、白のほうが好きだけど」

「あなたも紅《あか》が好きになるときが来るわ」

九一郎はそんな会話を思い出しながら、家への道を急いだ。

優しい父と美しい母。そして妹。

笑い声の絶えない家だった。九一郎は幸せだった。この幸せが、ずっと続くと信じていた。

やがて、我が家が見えた。家の前に咲いている梅の花が、やけに紅かったことをおぼえている。

（静かだ）

そう思った。いつもうるさい妹の声も聞こえない。

「ただいま帰りました」

家の戸を引いた瞬間、そのにおいに気づいた。

（血……？）

　噎せ返るほどの血のにおいが漂っていた。恐ろしかった。怖かった。それ以上に、父や母、妹のことが心配になった。九一郎は、震えながら叫んだ。

「父上っ！　母上っ！　千里っ！」

　返事は、なかった。生きている者の気配も感じられない。訪れる者のいない墓場に迷い込んだ気がした。

　不安な気持ちを押し殺して、廊下を走ろうとした。そして、床が濡れていることに気づいた。

「……これは、血？」

　大量の血が廊下に流れている。

「何があったんだ……？」

　そう呟いた。後になって思えば、このとき逃げるべきだったのだろう。家の外に逃げ出せば、絶望に襲われることはなかった。

　だが、九一郎は廊下を進んだ。進まざるを得なかった。廊下の血を踏まないように、父と母、妹の姿をさがした。

その後の記憶は、はっきりしない。現実と夢との区別がつかないくらい曖昧な記憶しかなかった。ただ、父と妹が死んでいたことは、九一郎の脳裏に焼きついてい る。獣に噛まれたような痕があった。首筋の肉が抉り取られていて、まるで喰われたみたいに見える。

——母は生きていた。

——死体になっていなかった。

怪我はしていないようだったが、血に濡れていた。美しい顔が紅く染まっていた。それから、九一郎は見た。たぶん、見た。見てしまった。母の額から角が生えているところを。

夢と現《うつつ》の間で、母の紅い唇が動いた。

「あら、もう帰って来たの？」

いつもと同じ優しい声だった。

「母上——」

九一郎は応じた。声が掠れている上に、言葉に詰まった。何を言えばいいのか分からなかったのだ。

だが、沈黙はなかった。九一郎の言葉を待たず、母の唇が再び動いた。

「ごめんなさいね。我慢できなくなっちゃったの」

そう言って、返り血を浴びた美しい顔で妖艶に笑った。

「我慢できなくなったって……」

「仕方ないのよ。鬼だから」

その返事を聞いて、九一郎は気を失った。暗い意識の底に逃げ込んだ。


目が覚めると、母はいなくなっていた。父や妹の死体も消えている。花瓶に活けられた紅梅が、静かに咲いていた。だが、床には血の跡が残っている。そして、耳には母の言葉が残っていた。

「鬼だから」

自分のことを〝鬼〟と言った。

拝み屋の家に生まれた九一郎は、鬼のことをよく知っている。父に教えられていたし、書物にも書いてあった。

鳥山石燕の『今昔画図続百鬼』には、こう書かれている。


世に丑寅《うしとら》の方を鬼門といふ。

今鬼の形を画くには、頭に牛角をいたゞき腰に虎皮をまとふ。
是丑と寅との二つを合せて、この形をなせりといへり。

日本で最も有名な妖怪だ。悪鬼は、人を喰らう。魔を祓う拝み屋にとっては天敵であった。

母が、その鬼だった。

信じたくない。あり得ない。そう思う反面、事実として受け入れていた。

異類婚姻譚は珍しい話ではないし、もともと鬼は人間に近いあやかしだ。人と夫婦になった鬼の話は聞いたことがある。各地に伝承が残っていた。

人と平和に暮らすことのできる鬼もいるが、母は父と妹を殺した。死体が消えていたので事件は有《う》耶《や》無《む》耶《や》になったが、放っておくことはできない。忘れてしまうには、九一郎は大人すぎた。

人間の味をおぼえた鬼は、何度も襲うようになる。拝み屋の跡取りとして、息子として、父と妹を殺された被害者として、母を倒さなければならない。自分を生んでくれた母を、この世から消さなければならない。

屋敷を出て修行を積みながら、九一郎は〝鬼〟をさがした。拝み屋の看板を上げ続けたのは、噂を耳に入れやすくするためだ。江戸の浪人になりきり、対決のときを待った。

そのときは、なかなか巡って来なかった。人が消えることが珍しくなかったこの時代、事件が起こっても揉み消される場合もあった。

母を見つけることのできないまま何年もの歳月が流れ、九一郎は深川に辿り着いた。

「獣が人を殺した」

そんな噂を聞いたのだ。深川で剣術道場を開いている夫婦が殺される事件があった。鬼の噛み痕は、狼や野良犬のそれに似ている。その事件を調べ、鬼のしわざだと確信した。

九一郎は道場のそばに行ってみた。だが、母の気配はなかった。人を喰らって満足してどこかへ行ってしまったのかもしれない。そう思いかけたとき、火事が起こった。

(母のしわざだ)

証拠があったわけではないが、九一郎は確信した。ただの火付けにしては、綺麗に燃えすぎだ。みやびの両親を襲ったときに、あるいは証拠を残してしまったのかもしれない。

九一郎は、しばらく深川で暮らすことにした。すると、噂の被害に遭った娘と出会った。

——早乙女みやび。

不思議な仙猫を連れていた。両親を失ったのに、明るく健気に生きていた。鬼に——九一郎の母親に父母を殺されたことは、もちろん知らないようだった。

みやびを初めて見たとき、心臓が止まりそうになった。

(千里……?)

死んだ妹によく似ていたからだ。そして、一緒に暮らしているうちに、みやびに惹かれる気持ちが芽生えた。ずっと一緒にいたいと思ったのだ。

だが、その気持ちを口にすることは許されない。考えることさえ間違っている。

「申し訳ないことをしたでござる」

声に出さず、何度も頭を下げた。九一郎の母親が、みやびの両親を喰らったのだ。

そして、九一郎にもその血が流れている。いつ暴れ出すか分からない血だ。

自分は、人と交わらず消えてしまうべきなのかもしれない。

†

朝日が昇る前に、九一郎は廃神社を出た。みやびは、九一郎が抜け出したことをたぶん知らない。

人通りのない道を歩いていると、十万坪に着いた。みやびと初めて言葉を交わした場所だ。

道端に、野梅が咲いていた。江戸中の塵芥で埋め立てた寂しい場所にもかかわらず、白い花を咲かせている。

可憐な白梅に目を奪われていると、ぽつり、ぽつりと水滴が九一郎の頬に当たった。

「雨でござるか……」

今さら天気が悪いことに気づいた。

空を見ることもせず、傘を持たずに出て来た。瞬く間に雨粒は大きくなり、白梅の花が濡れ始めていた。

いつの間にか、夜が明けている。ただ、太陽は雨雲に隠れていた。ひどく暗い朝だった。

「雑木林の陰で雨宿りするでござるかな」

誰に言うともなく呟いたときだ。朱色の唐傘が、すぐ近くまで来ていることに気づいた。

「ぽん太でござるか？」

そう声をかけると、娘の声が返事をした。

「迎えに参りました」

朱色の唐傘をくるりと回し、顔を九一郎に見せた。

「みやびどの……」

九一郎は娘の名を呼び、目を見開いた顔で問いかけた。

「……どうして、ここに？」

「ニャンコ丸が教えてくれたの」

それが返事だった。こっそりと出て来たつもりだったが、仙猫に気づかれていたのだ。

しかし、ニャンコ丸の姿は見えず、ぽん太もいなかった。そのことを聞くより早く、みやびが言った。

「濡れるのは嫌だから、一人で迎えに行けって」

その言葉を聞きながら、九一郎は再び昔のことを思い出した。妹も朱色の唐傘を差していたからだ。

――兄上、迎えに参りました。

千里の声が聞こえた気がした。

(みやびどのは、千里ではないでござる)

似ていることは確かだが、いつまでも重ねていては失礼だし、前に進めなくなってしまう。九一郎にとって「前に進む」とは、母を殺すことだ。

みやびに真実を話したほうがいい。家を燃やされたことを考えても、〝鬼〟に命を狙われている可能性があった。知らないままでは、用心することもできない。

だが、何から話せばいいのか分からなかった。どこまで話せばいいのかも分からない。

雨の降る中、答えをさがしていると、みやびが言ってきた。

「私の父と母は、妖怪――鬼に殺されたのですね」

「……知っていたのでござるか?」

「さっき、ニャンコ丸が教えてくれました」

やっぱり、仙猫は気づいていたのだ。

九一郎のことも話したのだろうか? 鬼の血が流れていることを、みやびは知ってしまったのだろうか？

聞きたかったが、聞くことができない。気がつくと、うつむいていた。下を向いたまま立ち尽くしていると、みやびがまた言った。

「鬼を……。ち……父と母を殺した鬼を退治してください」

嗚咽《おえつ》が混じっていた。顔を上げると、娘は泣いていた。

（当たり前だ）

両親を殺されたのだ。悲しくないほうが、どうかしている。ずっと強がっていたのだと分かった。

「お……お金は、いくらでも払います……。今はないけど、ちゃんと働いて払いますから……」

泣きながら頼んできた。堰《せき》を切ったように泣いている。

「拙者に任せるでござる」

九一郎は言った。父の仇、妹の仇、そして、みやびの幸せな暮らしを奪った仇を討つのだ。

母のことを——自分に鬼の血が流れていることを話すのは、それからでいい。すべてが終わってから話そう。

「お金はいらないでござる」

「え……。で……でも……」

「その代わり、傘に入れて欲しいでござる」

「あっ……。すみませんっ！」

慌てて傘を差し出してきた。迎えに来たと言いながら、傘を一本しか持っていない。九一郎が受け取ったら、みやびが濡れてしまう。

それでも傘を受け取った。

「一緒に帰るでござる」

一本しかなくても、身を寄せ合えば濡れずに済む。

「は……はい」

みやびがそばに来た。肩が触れ合うほど近くに、みやびがいる。

「ニャンコ丸どのが、お腹を空かしているでござる」

九一郎が言うと、みやびが笑った。明るい笑顔を見せてくれた。

そして、二人は相合い傘で廃神社に向かって歩き始めた。道端では、白梅が雨に濡れながら咲き続けている。

本書は書き下ろしです。

うちのにゃんこは妖怪です
あやかし拝み屋と江戸の鬼

高橋由太

2020年 9 月5日　第1刷発行
2020年11月6日　第3刷

発行者　千葉 均
発行所　株式会社ポプラ社
〒102-8519　東京都千代田区麹町4-2-6
電話　03-5877-8109(営業)　03-5877-8112(編集)
ホームページ　www.poplar.co.jp
フォーマットデザイン　bookwall
校正・組版　株式会社鷗来堂
印刷・製本　中央精版印刷株式会社

N.D.C.913/264p/15cm　ISBN978-4-591-16762-5

P8101411

失せ物屋お百

廣嶋玲子

「化け物長屋」に住むお百の左目は、人には見えないものを見る不思議な力を持つ。お百はその目を使っていわく付きの捜し物を行う「失せ物屋」を営むが、そこに化け狸の焦茶丸が転がりこんできて――。忘れた記憶、幽霊が落とした簪。奇妙な依頼に隠れた江戸の因果を、お百と焦茶丸が見つけ出す。

けものよろず診療お助け録

澤見彰

同心の娘・亥乃が出会ったのは、比野勘八と名乗る青年。挙動が怪しいが、亥乃が抱えるウサギの不調を見抜き、手当の方法を伝えてくれた。勘八は薩摩藩の武士だが、前島津公が集めた様々な動物が暮らす「蓬山園」を管理しており、動物の知識は藩邸一だという。勘八の下には不調を抱えた動物たちが連れてこられるが、その裏には色んな事件が隠れており……。もふもふ多め、心温まるお江戸の動物事件簿！

ポプラ文庫好評既刊

八幡宮のかまいたち
江戸南町奉行・あやかし同心犯科帳

永山涼太

「とりもちの栄次郎」の異名を持ち、事件解決の腕にかけては江戸じゅうで右に出る者のいない孤高の同心・望月栄次郎と、名奉行の三男で直心影流の使い手・筒井十兵衛のコンビが、「永代橋のたもとに弁慶の亡霊が出る」「八幡宮でかまいたちに切りつけられた」といった庶民を震え上がらせる不可思議な事件の解決に乗り出すことに。気鋭の若手時代小説作家による新感覚時代小説！

ポプラ文庫好評既刊

浜風屋菓子話
日乃出が走る〈一〉新装版

中島久枝

老舗和菓子屋のひとり娘・日乃出は、亡き父が遺した掛け軸をとりかえすため、「百日で百両、菓子を作って稼ぐ」という無謀な勝負に挑む。しかし、連れられたのは、客が誰も来ない寂れた菓子屋・浜風屋。仁王のような勝次と、女形のような純也が働くが、二人とも菓子作りの腕はからっきしで――。はたして日乃出は奇跡を起こせるのか？ いつもひたむきな日乃出の姿に心温まる人情シリーズ第一弾！

お宿如月庵へようこそ
湯島天神坂

中島久枝

時は江戸。火事で姉と離れ離れになった少女・梅乃が身を寄せることになったのは、お宿・如月庵。如月庵は上野広小路から湯島天神に至る坂の途中にあり、知る人ぞ知る小さな宿だが、もてなしは最高。梅乃は部屋係として働き始めるが、訪れるお客は、何かを抱えたワケアリの人ばかり。おまけに奉公人達もワケアリばかりで……。個性豊かな面々に囲まれながら、梅乃のもてなしはお客の心に届くのか？　そして、行方不明の姉と再会は叶うのか？